J. DIEZ

Les Journées de la Lisaine

15, 16 et 17 janvier 1871

AVEC UNE CARTE HORS TEXTE

« La garantie du succès de l'attaque est dans le mouvement en avant à tout prix. » (Joseph DE MAISTRE).

« Le secret de la victoire est dans le cœur du combattant, dans les puissances de l'âme, la *volonté* et l'*intelligence.* » (LOUKIANE CARLOVITCH).

PARIS

Henri CHARLES-LAVAUZELLE

Éditeur militaire

10, Rue Danton, Boulevard Saint-Germain, 118

(MÊME MAISON A LIMOGES)

LES

JOURNÉES DE LA LISAINE

15, 16 et 17 janvier 1871

J. DIEZ

LES

JOURNÉES DE LA LISAINE

15, 16 et 17 janvier 1871

« La garantie du succès de l'attaque est dans le mouvement en avant à tout prix. » (Joseph DE MAISTRE).

« Le secret de la victoire est dans le cœur du combattant, dans les puissances de l'âme, la volonté et l'intelligence. » (LOUKIANE CARLOVITCH).

PARIS

Henri CHARLES-LAVAUZELLE

Éditeur militaire

10, Rue Danton, Boulevard Saint-Germain, 118

(MÊME MAISON A LIMOGES)

PRÉFACE

Les journées de la Lisaine fournissent à l'historien militaire des exemples nombreux, féconds en enseignements précis, en conclusions tactiques de la plus haute importance.

On trouve, en effet, dans l'ensemble militaire constitué par les nombreux combats des 15, 16 et 17 janvier 1871, tous les caractères d'une *bataille préméditée* parfaite. Des deux côtés, les chefs d'armée ont pu prévoir la lutte, s'y préparer et prendre à l'avance toutes les dispositions stratégiques et tactiques susceptibles de leur assurer la victoire : il y a là un fait historique évidemment exceptionnel.

A Héricourt, l'armée allemande occupe une position connue, avec une volonté nettement résumée par de Moltke lorsqu'il écrit : « Acceptez la bataille pour couvrir Belfort. » Du 10 au 15 janvier, elle y attend un adversaire qui s'attarde mais dont le but tient dans la formule également simple : « Bousculer le XIV« corps allemand pour débloquer Belfort. » Des deux côtés, point d'imprévu, point de surprises. Du moins appartenait-il au commandement de les rendre impossibles par l'application logique des règles de l'art de la guerre.

La bataille de la Lisaine offre de plus un exemple très spécial de *bataille défensive*. On y trouve tous les caractères de ce genre d'engagement; on peut y noter

d'une manière particulièrement instructive les règles
tactiques auxquelles il lui faut se conformer.

Dans leur ensemble militaire, les journées des 15,
16 et 17 janvier 1871 se composent d'une série de combats de front, dans lesquels la ligne allemande, inférieure en nombre, mais très supérieure au point de
vue tactique, fait sentir sur tous les points sa prépon-
dérance et repousse ainsi la ligne française. C'est pourquoi nous nous sommes tout spécialement efforcé d'être
aussi précis que possible sur les détails de la défensive du général de Werder.

Les journées de la Lisaine appellent, pour ces diverses raisons, des observations critiques de plus d'un
genre. En notant les phases des nombreux engagements dont cette petite vallée, géographiquement insi-
gnifiante, a été le théâtre, nous n'avons nullement l'intention de faire le procès des troupes, bien moins encore celui des chefs que la confiance du Gouvernement
de la Défense nationale avait placés à leur tête (1).

L'historien qui, commodément installé devant sa ta-
ble de travail, accuse Bourbaki d'avoir manqué d'énergie et de confiance et les troupes de l'armée de l'Est de
valeur militaire, court certainement le risque d'être
taxé de fatuité. Cependant nous ne croyons pas avoir
outrepassé les droits de l'historien en nous efforçant de
rétablir nettement la situation, en examinant quels ré-

(1) « Dans la plupart des ouvrages inspirés par la guerre de
1870, on a trop volontiers cédé à la tendance de chercher des
coupables auxquels incomberaient tous nos échecs... Combien
peu ont songé à reconnaître que l'armée française et nos gouver-
nants de 1870-71 étaient purement et simplement, avec leurs qua-
lités et leurs défauts, la représentation, l'image fidèle de la nation. Les causes de notre décadence militaire sont autrement sérieuses, elles ont des raisons beaucoup plus profondes que ne se
l'imagine le vulgaire. Il faut les chercher dans la vie même de la
nation. » (Pierre Lehautcourt.)

sultats on aurait pu obtenir en agissant d'une autre
façon. En s'efforçant de comprendre les événements,
on est bien obligé, pour être conséquent, de donner les
conclusions auxquelles on aboutit et qui résultent d'ailleurs de documents consultés et souvent reproduits.

Nous voulons donc établir les faits dans toute leur
vérité en nous efforçant de les dégager de la brume lé-
gendaire, faite des événements politiques et de la lutte
des partis, et qui en a jusqu'alors caché les détails.
Après trente ans, l'actualité s'efface devant l'histoire;
aux passions se substitue la sérénité des jugements.
Les ombres des morts défilent devant les survivants
sans soulever des cris trop violents de haine ou d'en-
thousiasme.

Remontant des effets aux causes, l'exposé impartial
des actions de tous fera naturellemnt naître et rayon-
ner, non pas des innovations scolastiques ou des théo-
ries alambiquées, mais les principes immuables de tactique qui doivent être la leçon vécue sans laquelle toute
étude d'histoire militaire serait purement spéculative,
partant inutile.

17 mai 1904.

Qu'il me soit permis d'adresser l'expression de toute ma gratitude à mon ami et ancien maître, M. Ch. Demay, professeur
à Dijon, dont les conseils littéraires et les hautes directions historiques m'ont été d'un précieux secours. Qu'il veuille bien
trouver ici l'assurance de ma respectueuse reconnaissance.

J. D.

CHAPITRE Ier

SITUATION DES BELLIGÉRANTS AVANT LA BATAILLE

———

ARTICLE Ier

ALLEMANDS

SOMMAIRE : 1. Instructions envoyées par de Moltke. — 2. Description de la position de la Lisaine. — 3. Organisation de la position. — 4. Occupation de la position. — 5. Importance de la partie engagée; hésitations du général de Werder. — 6. Ordres de détail.

1. — Instructions envoyées par de Moltke.

Le 10 janvier au matin, sous l'impression du danger que lui faisait courir la supériorité numérique et l'incontestable entrain de l'armée de l'Est, le général de Werder s'était hâté de se dérober rapidement dans la direction de Belfort. La complète et inexplicable absence de manœuvre du général Bourbaki permit aux troupes allemandes d'accomplir facilement leur marche très périlleuse et d'atteindre les positions de la Lisaine.

Le général de Werder avait précédé ses troupes. Il était rejoint à Ronchamp par un feldjäger, estafette d'état-major, qui lui remettait des dépêches importantes arrivées depuis deux jours à Héricourt; c'étaient les instructions sur la constitution de l'armée du Sud et la conduite à tenir par le XIVe corps d'armée, jusqu'à l'intervention effective des troupes du général de Manteuffel (1).

Les dispositions déjà arrêtées par le général de Werder, les intentions qui les avaient dictées répondaient assez exactement à l'esprit des instructions de l'état-major général. Aussi n'y avait-il lieu de modifier en rien les ordres en cours d'exécution.

La nécessité de doter de la plus grande force de résistance possible la position défensive sur laquelle le général allemand voulait s'arrêter pour couvrir à tout prix le siège de Belfort et, le cas échéant, accepter la bataille, attirait particulièrement son attention (2). De Werder se hâtait de gagner Argiésans, d'où il pouvait prendre une vue d'ensemble suffisante des positions de la rive gauche de la Lisaine, Il appelait à lui le général de Tresckow Ier, afin d'obtenir les renseignements nécessaires à l'exécution de sa délicate mission.

2. — Description de la position de la Lisaine.

La position que le général de Werder choisissait pour y recevoir le choc de l'adversaire est constituée par les hauteurs de la rive gauche de la Lisaine, entre Frahier et Montbéliard, sur une longueur de 19 kilomètres. Elle offre au premier regard trois massifs principaux nettement délimités :

a) *Les hauteurs de Châlonvillars* (altitude, 410 mètres) commandent les environs de Chenebier et de Frahier; elles se terminent vers l'ouest par des pentes raides, absolument inaccessibles pendant les froids de l'hiver;

---

(1) Voir J. Diez, *Le Combat de Villersexel.*
(2) « Les positions naturelles que l'on trouve ordinairement ne peuvent pas mettre une armée à l'abri d'une armée plus forte sans le secours de l'art. » (*Mémoires de Napoléon.*)

b) Le massif du *mont Vaudois* (altitude, 535 mètres) est le plus important et domine les environs d'Héricourt ; il est couvert de hauteurs rocheuses ;

c) Les coupes des *Grands Bois*, prolongées vers le sud-ouest par le plateau découvert de la *Grange-Dame* (altitude, 350 à 400 mètres) tiennent sous leurs vues toute la vallée autour de Montbéliard.

La Lisaine court du nord au sud, coupant d'un fossé large et profond la trouée de Belfort, entre les contreforts vosgiens et les hauts plateaux jurassiens. Dans son cours supérieur, elle ne diffère en rien des multiples ruisseaux de cette région, tous plus ou moins babillards et torrentueux. Au sud de Chenebier, elle s'élargit grâce aux abondants tributs que de nombreux ruisselets lui apportent des mamelons et contreforts boisés du Chérimont, de Champagney et des forêts de l'Ordon. Sa largeur atteint 6 et 8 mètres et sa profondeur varie entre 1 mètre et 1^m,50.

Lorsque la Lisaine atteint Frahier, le vallon s'épanouit pour se rétrécir bientôt. Le cours d'eau creuse son lit, jusqu'à Chagey, dans une gorge rocheuse, aux rives escarpées, entre le bois de la Brisée et celui de la Thure.

Au sud de Chagey (1), la vallée s'élargit en une prairie marécageuse dominée par la longue croupe boisée du Salamou. Héricourt y étale ses maisons. Puis, c'est un nouvel étranglement entre le bois du Chanois et le mont Dannin. A Bussurel, la prairie n'a guère que 500 mètres de largeur. De là, enfin, et jusqu'à Montbéliard et au confluent de la Lisaine avec l'Allaine, le fossé a une ouverture de plus de 2 kilomètres.

---

(1) La carte de l'état-major actuelle donne à la rivière en aval de Luze le nom de Luzine. Elle a raison. Mais, par suite des habitudes reçues, nous emploierons exclusivement l'appellation de Lisaine.

La rive droite de la vallée est entièrement couverte de forêts; les croupes étendent jusque vers le cours d'eau des ramifications boisées formant des couverts qui peuvent masquer les approches. Malheureusement, ces couloirs sont coupés de marécages, de fondrières que la glace et les amoncellements de neige ont dissimulés. La marche de l'infanterie y est extrêmement difficile, celle de l'artillerie à peu près impossible. D'ailleurs, sur la rive droite, on trouve peu d'emplacements suffisants pour le déploiement d'une masse d'artillerie dont l'action aurait cependant été bien nécessaire pour permettre à l'infanterie de progresser.

Les plateaux de la rive gauche sont sensiblement plus découverts. Au centre de la ligne, à l'est d'Héricourt, les pentes raides du mont Vaudois sont particulièrement boisées. Tout le pays, au reste, est montagneux, mamelonné; il offre à l'attaque, comme à la défense, de sérieux points d'appui.

Dans son cours supérieur, la Lisaine est traversée de l'ouest à l'est par la voie ferrée Paris-Bâle et la route nationale qui, de Vesoul par Frahier, atteint Belfort, en côtoyant les contreforts des ballons.

Dans son cours inférieur, elle est franchie par la route de Montbéliard à Belfort, que ferme l'ancien château-fort des ducs de Wurtemberg-Mompelgard. Construit en haut d'un rocher dont la paroi à pic défie l'escalade, il a de larges vues jusqu'à Béthoncourt et Sochaux, et ne peut être soumis à un tir direct d'artillerie.

Dans sa partie moyenne, la rivière est traversée par la route de Lyon à Belfort, par Héricourt. Cette voie était considérée par de Werder comme l'axe de la manœuvre française. Aussi avait-il organisé défensivement toutes les positions qui la commandent directement et sur lesquelles s'étend l'action du mont Vaudois, vaste

citadelle naturelle, aux bords très escarpés du côté de la Lisaine. Chagey et Luze sont, en quelque sorte, situés au fond des fossés de cet ouvrage improvisé et permettent l'organisation d'excellents flanquements.

La position défavorable du village d'Héricourt, construit au fond de la vallée, est largement compensée par la possibilité de transporter la défense sur les hauteurs de la rive gauche : la colline boisée du *Mougnot* forme le centre d'une position que les circonstances rendaient particulièrement précieuse. Au sud,] ferme Marion en constitue le réduit ; au nord, son flanc droit est couvert à une certaine distance par le cimetière et les bâtiments de la ferme de Saint-Valbert. Le moulin de Bourangle permet d'en garantir les approches vers la gauche.

Les dispositions des massifs montagneux étaient, en général, favorables à la défense ; elles permettaient l'organisation de flanquements tels que l'artillerie prendrait sous ses feux toutes les approches de l'ennemi et pourrait fouiller de ses obus les replis les plus profonds de la vallée.

D'autres faits venaient encore faciliter l'action du corps allemand. Les chemins débouchant de la rive droite, pour la plupart mauvais, étroits, profondément encaissés, à peu près impraticables en hiver, ne pouvaient être utilisés par l'assaillant sans de sérieuses difficultés. Cet inconvénient se compliquait de l'obligation de se déployer dans un terrain très coupé, encombré par des amas de neige qui nécessiteront, dans certains endroits, l'intervention des troupes du génie.

La voie ferrée qui, de Héricourt à Montbéliard, est construite dans le fond de la vallée, offre, sur de nombreux points, un obstacle qu'il est fort difficile de franchir ; le remblai qui la porte devait fournir à la défense un couvert précieux et d'une résistance à toute épreuve.

La position allemande n'était pas sans de sérieux inconvénients. Vers la droite, la route importante de Lure à Belfort échappait à son action directe et pouvait servir à tourner la défense.

Le *manque de communications transversales* en arrière du front rendait très difficile le jeu des réserves. On ne disposait guère que du mauvais chemin vicinal allant de Châlonvillars à Montbéliard, par Echenans, Brévilliers, Chatenois. Il y avait là une cause de soucis sérieux pour les troupes allemandes. Le succès de la défense, en effet, ne peut être assuré que par l'emploi judicieux de fortes réserves ; seules, elles lui donnent la supériorité numérique au point et au moment décisifs. Aussi improvisa-t-on des débouchés ; on ouvrit des sentiers à travers bois ; tous les chemins furent reconnus avec soin.

La raison principale de faiblesse de la position occupée par les troupes du général de Werder était évidemment sa *grande étendue*. La longueur totale de la ligne à défendre était de près de 40 kilomètres, entre Ronchamp et Croix. On peut se rendre compte que la densité des troupes devait forcément se réduire à fort peu de choses partout. Si l'on admet le chiffre de cinq à six hommes par mètre courant, comme donnant, en principe, l'effectif nécessaire pour défendre efficacement une position, on constatera que Werder eût pu, théoriquement, occuper à peine 8 à 9 kilomètres. Mais il n'y avait pas à choisir : les circonstances imposaient la nécessité absolue de couvrir effectivement toutes les routes menant à Belfort. Les conditions défectueuses de la situation étaient compensées, d'ailleurs, par la force même de la position et la nature du pays, parsemé d'obstacles.

3. — Organisation de la position.

La ligne de hauteurs de la rive gauche de la Lisaine constituait, en effet, une bonne position défensive, susceptible d'acquérir, entre Montbéliard et le Vaudois, une grande force de résistance, à la condition d'être bien organisée et garnie d'une puissante artillerie. C'est à atteindre ce résultat que vont tendre les efforts de l'armée allemande.

Le général de Tresckow, depuis le 1er janvier, avait déjà commencé, avec les troupes assiégeant Belfort, à fortifier le cours de la Lisaine. Des batteries armées de pièces de siège avaient été disposées sur les points principaux que nous avons décrits. Tous les environs furent soigneusement repérés pour assurer l'efficacité du tir de l'artillerie, qui put même prendre les bois sous ses feux et rendre la plupart des voies de communication impraticables à nos troupes.

Après le combat de Villersexel, les travaux avaient été menés avec une activité fébrile. De Werder mettait à profit le répit que lui laissait l'inaction de son adversaire pour accroître la puissance défensive de la position qu'il occupait. L'énergie et la persévérance des troupes allemandes hérissèrent de défenses artificielles, de tranchées-abris et d'épaulements de batterie les obstacles naturels que la saison rude et le climat particulièrement ingrat de cette région vosgienne tendaient à fortifier encore.

De Frahier à Montbéliard, on rencontrait les travaux suivants :

Frahier : à la sortie nord, quatre tranchées-abris ; un épaulement de batterie. Dans la nuit du 16 au 17 janvier, trois canons de 15 seront amenés au moulin Rougeot.

Echavanne : dans la partie sud, tranchées-abris commandant la route de Chenebier.

Chenebier : organisation des lisières ouest et sud; tranchées-abris sur toutes les routes.

Chagey : organisation défensive à l'ouest et au sud, sur chacune des deux parties du village, séparées par la Lisaine; tranchées-abris échelonnées sur trois lignes, le long des routes de retraite sur les hauteurs de l'est.

Luze : organisation défensive à l'ouest, sur la rive gauche; une batterie à l'est, sur la route d'Echenans.

Filature Chevrot : un épaulement de batterie.

Mont Vaudois : sur le versant ouest, quatre épaulements de batterie et une ligne presque ininterrompue de tranchées-abris; sur le versant sud, tranchées-abris sur deux lignes et en arrière, un épaulement pour une batterie de douze pièces : ces ouvrages font face à l'ouest. On avait installé une batterie de siège avec sept pièces de 12 centimètres.

Héricourt : organisation défensive des faces ouest et sud; tranchées-abris sur toutes les routes. Le cimetière et les bâtiments de Saint-Valbert au nord, le moulin de Bourangle au sud, ménageaient latéralement de vastes points d'appui. Des plates-formes enterrées étaient installées en arrière, à droite et à gauche, au pied des hauteurs, pour recevoir des batteries de campagne.

La situation même d'Héricourt imposait, nous l'avons vu, le transport de la défense sur les hauteurs de la rive gauche. La colline du *Mougnot* fut transformée en une sorte de tête de pont qui avait une réelle solidité. Des forêts considérables, descendant de l'ouest et du sud, permettaient, il est vrai, à l'ennemi de s'approcher à couvert, jusqu'à portée de fusil de la position. Les batteries du mont Vaudois, quelque soin que l'on eût pris dans leur installation, ne battaient elles-mêmes qu'une étroite zone des approches. Aussi les pionniers avaient-ils consacré toute leur activité à atténuer ces inconvénients, en réalité sérieux. Le bois qui couvrait en partie la colline avait été rasé, sauf une portion à peu près impraticable sur le revers sud. La crête était couronnée de tranchées-abris; sur certains points, on en avait établi deux lignes. De forts obstacles, coupures, abatis, barraient la route, profondément encaissée en cet endroit. La ferme Marion, construite sur la hauteur, au sud de la route, avait été crénelée et transformée en un réduit protégé par des abatis profonds.

Mont Salamou : deux plates-formes de batterie; tranchées-abris en face du bois du Chanois; un emplacement de batterie à l'extrémité sud.

Mont Dannin : double ligne de tranchées-abris échelonnées en face de la lisière est du bois de Chanois.

Bussurel : village abandonné en principe; en arrière, double ligne de tranchées et organisation de la voie ferrée.

Béthoncourt : organisation défensive de la rive droite et de la rive gauche. Un barrage en fumier a été pratiqué pour faire refluer l'eau de la rivière et former, devant les positions allemandes, un grand étang rendant impossible la traversée de la vallée. La digue sert de communication entre les deux rives.

La Grange Dame : installation de cinq pièces de siège de 15 centimètres. Organisation de quatre épaulements pour batteries de campagne. Cette artillerie prend comme objectifs les débouchés du nord-ouest. Une cinquième batterie, plus rapprochée de Montbéliard, prend des vues sur la vallée de l'Allaine, en aval de Sochaux.

Montbéliard : ville abandonnée en principe; organisation défensive du château qui en commande les abords; il reçoit quatre pièces de 9 centimètres, deux pièces de 12 centimètres et des vivres. Un emplacement de batterie est préparé à l'est de Montbéliard, face au sud.

Sochaux : organisation défensive de la face sud.

Deuxième ligne. — Le chemin de Béthoncourt à Grand-Charmont, au nord-est de Montbéliard, et la lisière sud du bois de la Fougère sont défendus par une ligne de tranchées-abris formant, avec Béthoncourt, le Petit-Béthoncourt, le Grand et le Vieux Charmont, une position défensive de seconde ligne en arrière de Montbéliard.

Grand Charmont et *Vieux Charmont :* organisation défensive des faces sud et ouest. Auprès de Vieux Charmont, installation de deux pièces de siège de 9 centimètres.

La protection de la retraite avait été prévue par la préparation de tranchées-abris sur tous les chemins allant de la Lisaine vers Belfort.

Indépendamment de ces travaux, la ligne de l'Allaine avait été organisée défensivement sur la rive droite jusqu'à Delle et sur la rive gauche depuis Exincourt jusqu'à Croix. Les positions d'Allanjoie, de Bourogne, de Grandvillers, de Joncherey, avaient été armées de quatorze pièces de siège. Dans quarante-huit villages autour de Belfort, les corps de siège et d'occupation avaient exécuté des travaux défensifs. Les routes, au nord de la position, avaient été coupées et les ponts sur la Lisaine, détruits ou préparés pour l'être au premier signal.

Enfin, une ligne télégraphique reliait le quartier général et les ailes ; elle mettait de Werder en communication rapide avec le corps de siège, avec Versailles et avec le général Manteuffel, qui commençait sa marche vers le sud.

4. — Occupation de la position.

Si l'étude de l'organisation des lignes de la Lisaine permet de se rendre compte de l'activité des corps allemands et du rôle de la fortification passagère dans la bataille défensive, l'analyse de l'occupation de ces lignes sera plus profitable encore : elle nous permettra de suivre dans son développement la pensée directrice du général de Werder; elle nous fera sentir l'influence de sa volonté bien décidée à vaincre; elle nous laissera apercevoir également ses hésitations, qui se traduisent par des ordres successifs, mais qui, au lieu d'atteindre l'énergie du commandant en chef, semblent stimuler la confiance des éléments qu'il met en œuvre.

De Werder disposait, en réalité, de 47 bataillons, 28 escadrons et 22 batteries de campagne. C'était un effectif de 52.000 hommes, appuyés par 132 pièces, sans compter les 34 pièces de position. C'était peu pour occuper cette longue étendue de terrain dont la possession lui importait pour assurer la couverture du corps de siège de Belfort.

Il ignorait, au surplus, sur laquelle de ses ailes se dessinerait l'attaque décisive. Sans doute, les considérations que lui faisait valoir de Moltke sur la dépendance qui liait l'armée de l'Est aux voies ferrées amenaient le général allemand à supposer que l'effort du général Bourbaki se porterait contre son aile gauche et son centre (1). Mais cette donnée n'était qu'une appréciation : en lui accordant une importance que rien, en

(1) D'après von der Wenger, les Allemands s'attendaient, en raison des nécessités de notre ravitaillement, à nous voir déboucher, dès le 11 janvier, devant Héricourt et Montbéliard.

somme, ne justifiait, on risquait d'opérer une fausse manœuvre. « Il ne faut pas, dit Napoléon, calculer théoriquement ce que l'on veut faire, puisque cela est subordonné à ce que fait ou fera l'ennemi. » C'est ce qui arriva : de Werder concentra ses forces sur sa gauche, abandonnant son aile droite, traversée cependant par l'avenue la plus directe qui conduit à Belfort.

C'est dans ces idées générales que de Werder donna l'ordre d'occupation de la position.

« Q. G. de Brévilliers, le 11 janvier 1871, 10 h. soir.

» J'ai pris, à dater d'aujourd'hui, le commandement de l'ex-corps de siège de Belfort, lequel fait partie, désormais, avec le XIVᵉ corps, de l'armée du Sud, placée sous les ordres du général de Manteuffel. Les troupes occuperont les positions suivantes :

» Le détachement de Debschitz conserve ses emplacements antérieurs à Delle, Beaucourt, Exincourt ; toutefois, il appellera à lui le bataillon laissé jusqu'alors à Sochaux, aussitôt que ce dernier aura été relevé par la 4ᵉ division de réserve. La batterie bavaroise de sortie passe sous les ordres de cette dernière division.

» La division de Schmeling relèvera demain matin, 12 janvier, le détachement du colonel de Bredow, à Arcey. Les troupes que la 4ᵉ division de réserve avait détachées jusqu'ici auprès du corps de siège rentreront sous les ordres du général de Schmeling dès qu'elles auront été remplacées dans le service de tranchée par la division de Tresckow ; le général de Tresckow se concertera, à ce sujet, avec le général de Schmeling. Pour le 13, à midi, la division de Schmeling devra avoir pourvu, par une brigade d'infanterie et quatre batteries, au service des avant-postes et à l'occupation de la position d'Héricourt ; une de ses brigades, avec deux batteries et la batterie bavaroise de sortie Keinath à Sochaux, assurera, pour la même heure, le service des avant-postes de Montbéliard et fera occuper, en outre, le château de Montbéliard par deux compagnies, les villages de Béthoncourt et de Sochaux par un bataillon chacun. La division de Schmeling, chargée de défendre la position Héricourt - Montbéliard, installera son artillerie sur les points où elle est destinée à agir ; les hommes et les chevaux cantonneront dans les localités les plus rapprochées. Le général de Schmeling appréciera s'il est préférable de disposer ses avant-postes à Arcey ou sur le ruisseau du Rupt. De toute façon, on opposera à l'ennemi une résistance suffisamment forte pour le contraindre à ne gagner du terrain qu'en déployant des forces sérieuses.

» La division de Schmeling se reliera au nord au détachement von der Goltz, qui a son avant-garde à Couthenans, son gros à Chagey (1) et à Luze.

» La première brigade d'infanterie badoise, deux batteries et un escadron occupent Echenans, Mandrevillars, Buc et Châlonvillars, avec rendez-vous à Mandrevillars en cas d'alerte. La 2e et la 3e brigade d'infanterie badoise se concentrent aux abords de Frahier, se reliant par Ronchamp au colonel de Willisen à Lure. Avant-postes à Etobon, vers Béverne. Quatre batteries de la division badoise, constituées en artillerie de corps, occuperont Châlonvillars et éventuellement Frahier. L'état-major de la division badoise viendra à Frahier, y recevra toutes les dépêches adressées au commandant

---

(1) Le 14, il n'y avait encore à Chagey qu'une compagnie prussienne, car on regardait les bois à l'ouest comme impraticables. Lorsque l'on s'aperçut qu'ils ne l'étaient point, on envoya à Chagey un bataillon badois. La compagnie de Chagey rallia à Luze le détachement von der Goltz.

de corps et, après en avoir pris connaissance, les fera parvenir, selon leur importance, au moyen de postes de correspondance. Le colonel de Willisen reste à Lure ; en cas de nécessité, il se replierait sur Ronchamp, puis sur Giromagny.

» Les divisions auront à se maintenir en liaison mutuelle, quoi qu'il arrive. Tous les cantonnements seront reliés par des postes de correspondance ; la cavalerie sera répartie en conséquence. Ces postes seront installés, autant que possible, dans les mairies ou à proximité ; leur emplacement sera indiqué d'une façon bien apparente (la nuit, par des lanternes).

» Les pionniers du corps de siège feront sauter, dès à présent, les ponts de Béthoncourt et de Bussurel. Le pont de Sochaux et les autres passages en amont jusqu'à Delle seront minés et gardés par des détachements de pionniers.

» Une compagnie de pionniers de place, pourvue de cinq quintaux de poudre et escortée par un peloton de cavalerie et deux compagnies d'infanterie de la division badoise, sera réunie à Chaux pour le 12 à midi. Le capitaine des pionniers a ses instructions (1).

» L'artillerie de siège renforcera le nombre des pièces en batterie au château de Montbéliard. Elle construira sur les hauteurs à l'est une forte batterie pouvant à la

---

(1) L'ordre était donné de détruire, au carrefour de Saint-Maurice, les communications qui traversent les Vosges plus au nord. Le détachement chargé de cette mission (5e et 8e compagnies du 6e régiment badois, un quart d'escadron sous le capitaine Rayle et la 4e compagnie de pionniers de place bavarois sous le capitaine Nagel) partait de Chaux le 12 janvier à midi, par une neige épaisse. A Malvaux, on était contraint de laisser en arrière tout ce qui n'était point indispensable. Un traîneau attelé de six bœufs servait à transporter quatre quintaux de poudre de mine. Le Ballon d'Alsace était franchi par vingt degrés de froid et par un vent des plus âpres. Le 14, on faisait sauter un pont auprès de Saint-Maurice et, sur la voie du retour, on coupait la route auprès de Lepuix.

fois battre la vallée à hauteur de Béthoncourt et couvrir Montbéliard. A défaut d'une bonne position de ce
côté, on la choisirait au nord-est de Béthoncourt.

» Les trains stationnés à Frahier regagneront leurs
corps respectifs le 12, dès le matin. Le général major
comte de Sponeck enverra une colonne de munitions
d'infanterie au général de Schmeling, à Héricourt. Après
avoir été déchargée, cette colonne se dirigera sur Dan-
nemarie. Les grands convois du corps, placés sous les
ordres du major de Chelius, se transporteront le 12 à
Giromagny, le 13 à Massevaux et Arnay. La division
badoise donnera communication de cette prescription
au major de Chelius.

» La division grand-ducale badoise acheminera sur
Frahier et Mandrevillars les colonnes de subsistances
et les colonnes de parc échelonnées à Ronchamp et sur
la route jusqu'à Champagney. Après avoir été déchar-
gées, les voitures composant ces colonnes rétrograderont
aussitôt sur Cernay. Les tableaux de dislocation devront
être fournis pour demain à 11 heures. »

Le lendemain, le général de Werder complétait ce
premier ordre par le supplément suivant :

« Q. G. de Brévilliers, le 12 janvier, à midi.

» En cas d'attaque générale sur la position Delle -
Montbéliard - Héricourt - Luze, MM. les commandants
de division s'inspireront des prescriptions suivantes :
selon que l'attaque sera prononcée sur Héricourt - Montbéliard ou sur Delle, la réserve générale, commandée par
le lieutenant-général de Glümer (1re et 2e brigades d'infanterie badoise et artillerie de corps badoise) sera dirigée sur Banvillars ou Chatenois. Toutes les routes menant de ces deux points dans la position seront immé-

diatement reconnues avec le plus grand soin. La place
peut prendre sous son feu Argiésans et Sevenans. La 3ᵉ
brigade badoise est chargée de contenir à tout prix un
effort de l'ennemi sur Frahier; elle fera choix, à cet effet,
d'un emplacement convenable, vraisemblablement aux
abords d'Echavanne. Le colonel de Willisen intercep-
tera la route à Ronchamp. La division badoise mettra
dès aujourd'hui deux batteries à la disposition du général von der Goltz à Echenans. Si l'ennemi réussissait à
percer sur un point quelconque, contraignant ainsi le
corps à un mouvement rétrograde, ce mouvement ne de-
vrait dépasser dans aucun cas la Savoureuse. A cet effet,
les pionniers du corps de siège établiront sur-le-champ
des moyens de passage pour mettre en communication
Chatenois et Vourvenans. Dès le début de l'engagement
ou d'une alerte générale, tous les équipages, à l'excep-
tion des caissons de munitions et des voitures médicales,
seront dirigés sur les points ci-après :

» Pour la 4ᵉ division de réserve, le détachement von
der Goltz, le quartier général du corps et la première
brigade badoise, par Bourogne et Eschène sur Velles-
cot;

» Pour les autres fractions de la division badoise, sur
Grosmagny.

» Une ligne télégraphique sera établie demain
matin jusqu'à Brévilliers et reliera Delle, Montbéliard,
Bourogne et Frahier. Avoir soin de n'envoyer que des
télégrammes très clairs et ne mander que des renseignements bien certains.

» L'artillerie de siège se mettra immédiatement en
devoir de placer encore sur la hauteur au nord d'Héricourt des pièces de gros calibre, pouvant tirer dans la
direction de Tavey et de Bussurel. La batterie de sortie
bavaroise Keinath ne passe pas aux ordres de la 4ᵉ divi-

sion de réserve; elle demeure attribuée au général de Debschitz, qui l'appellera à lui.

» En cas de retraite éventuelle, les troupes postées à Exincourt ne se dirigeront pas sur Sochaux, mais à l'est. »

L'étude raisonnée des deux ordres du général de Werder et des ordres de détail qui en assurèrent l'application permet de constater que :

1° Les moyens d'action sont massés sur la gauche. Les villages de Frahier et de Chenebier, occupés par de simples détachements, ne présentaient que peu de force de résistance. Chose plus importante : la réserve générale, éloignée de plus de 8 kilomètres de la droite allemande, était obligée, pour s'y porter, de traverser un massif boisé presque impraticable. Il y avait là une situation à exploiter par l'armée française.

2° La sécurité des flancs est assurée par des détachements de toutes armes. Vers la droite, le colonel Willisen observait notre marche tout en couvrant la position vers Ronchamp et Champagney. L'utilité de ce détachement est incontestable; il ne serait pas téméraire d'affirmer que sa présence a été une des causes du resserrement des troupes d'attaque sur le centre de la position et de l'avortement du mouvement de la division Cremer. L'itinéraire défectueux ordonné à celle-ci n'aurait-il pas pour raison première la crainte de la rencontre des troupes de Willisen dont, au quartier général français, on ignorait la force et les intentions?

Vers la gauche, le général de Debschitz tient la trouée de l'Allaine par laquelle il eût été possible de tourner de Werder. Il assure d'une manière plus directe la protection du corps assiégeant et s'appuie très solidement

sur les nombreuses batteries de position installées dans
toute cette région (1).

5. — Importance de la partie engagée. — Hésitations du général de Werder.

Tant de sages précautions dans l'organisation et l'occupation des lignes de la Lisaine n'empêchaient pas le général de Werder d'éprouver d'assez graves inquiétudes.
Quoiqu'il eût l'avantage des positions, quoiqu'il disposât,
pour les occuper, de troupes solides, entraînées par six
mois de campagne active, appuyées par une artillerie supérieure, sinon en nombre, du moins en qualité, le commandant en chef du XIVᵉ corps sentait sa confiance
dans le succès fortement ébranlée. Son intelligente expérience lui faisait admirablement saisir les nombreuses
imperfections que la situation lui imposait : position
très étendue et évidemment disproportionnée à son effectif; ignorance des projets de l'ennemi et de la direction
d'attaque qu'il choisirait; rapprochement trop grand de
la place à couvrir qui amenait à une défensive absolue
sur une position imposée; manque complet de communications transversales facilitant les navettes des réserves, etc.

De Werder comprenait la grande responsabilité qui
pesait sur lui et son armée. Ses 45.000 hommes, quelque
disciplinés et résistants qu'ils fussent, seraient-ils assez
heureux pour repousser sur un front de 40 kilomètres
l'attaque des 140.000 hommes de l'armée française ? La

---

(1) L'examen détaillé et méthodique de l'application des ordres
d'occupation donnés par le général de Werder permet de reconstituer aussi exactement que possible l'état de répartition des
troupes allemandes le 15 janvier au matin. Cet état fait l'objet
de l'annexe I.

force des positions occupées par ses troupes compense-
rait-elle cette infériorité numérique? Il n'ignorait pas
d'ailleurs que la majeure partie des corps français était
décidée à l'offensive. Depuis la journée de Villersexel,
il connaissait leur ardeur et la redoutait.

Dans des conditions aussi défavorables, il est compré-
hensible que le doute ait pu envahir l'âme du général
allemand et que sa foi dans le succès en ait été ébranlée.

Quoi qu'on fasse, la guerre, comme l'a dit Jomini,
n'est pas une science, mais un drame passionné et les
brusques et formidables péripéties de la lutte ont leur
répercussion sur tout l'être du chef et non pas seulement sur son esprit. C'est ce qui explique à nos yeux
comment de Werder, et bien d'autres grands généraux,
ont pu avoir parfois des accès de désespoir. Aussi est-il
juste que ces puissantes natures, qui dominent victorieusement la tempête qui bouillonne dans leur crâne et
ont ensuite manifestement raison de leur adversaire,
aient leur place marquée dans l'histoire.

Si l'on se reporte aux ordres donnés pour l'organisation et l'occupation, on pourra constater des hésitations
qui se traduisent par des modifications nombreuses apportées aux décisions primitives, mais jamais de Werder ne s'est abandonné au hasard des événements; il
finit par juger sainement la situation et agir vigoureusement : en cela, il se montra grand général.

La crainte de la responsabilité alla peut-être jusqu'au
secret désir de l'abdication. Le 14 au soir, le général envoyait à Versailles un télégramme singulièrement alar-
miste où il exposait crûment ses appréhensions :

» Brévilliers, 14 janvier, soir.

» *Au général comte de Moltke, à Versailles.*

» De nouvelles forces ennemies marchent du sud et de l'ouest contre Lure et Belfort. On a signalé des troupes nombreuses à Port-sur-Saône. Aujourd'hui, sur le front, l'ennemi attaque vainement les avant-postes à Bart et à Dung. En présence des mouvements convergents de forces supérieures, je prie instamment d'examiner s'il y a lieu de continuer à tenir devant Belfort. Je crois pouvoir protéger l'Alsace, mais non en même temps Belfort, à moins de risquer l'existence même du corps. L'obligation de tenir devant Belfort m'enlève toute liberté de mouvement; la gelée permet de franchir les cours d'eau. »

La réponse à cette dépêche angoissée fut l'ordre impérieux de résister à tout prix. De Moltke sentait toute la gravité du danger que couraient les communications allemandes si l'armée de l'Est pouvait librement les atteindre. Il savait que l'intervention de l'armée du Sud était imminente : il fallait à tout prix gagner du temps pour permettre à Manteuffel d'entrer en action. Il ne pouvait donc qu'ordonner formellement d'accepter la bataille.

» Versailles, 15 janvier 1871, 3 heures soir.

» *Au général de Werder, Brévilliers.*

» Attendez l'attaque dans la forte position qui couvre Belfort et acceptez la bataille. Il est donc de la plus grande importance de rester maître de la route de Lure à Belfort; détachements d'observation seraient à désirer à Saint-Maurice. L'approche du général de Manteuffel va commencer incessamment à se faire sentir. »

Ce télégramme n'arriva à Brévilliers qu'à 6 heures du soir. Comme on peut le voir par une simple comparaison de dates, de Werder s'était ressaisi avant la réception de cet ordre. Sans doute ses inquiétudes n'avaient pas disparu, mais il avait compris la grave faute qu'il eût commise en découvrant, même passagèrement, les communications allemandes. Il avait d'ailleurs reçu du général de Manteuffel l'avis télégraphique que l'armée du Sud s'était mise en route de Châtillon-sur-Seine pour gagner Vesoul. Ce renseignement lui permettait d'escompter une prompte intervention qui eût compensé une défaite partielle. « L'art de la guerre ne consiste qu'à gagner du temps lorsqu'on a des forces inférieures. » (Napoléon Bonaparte à Joubert, 17 février 1797.)

6. — Ordres de détail.

Quelle que fût l'inquiétude dans laquelle son esprit s'était débattu, le général de Werder ne perdit pas de vue un seul instant la nécessité de prendre toutes les précautions tactiques qui pourraient aider la victoire à sourire à ses armes. Ne voulant rien laisser à l'imprévu, il multiplia les précautions et, jusqu'au dernier moment, chercha à compléter les dispositifs principaux de défense par toutes les mesures de détail que lui suggérait son expérience militaire.

Les pionniers furent répartis sur tout le front. Leur mission était, non seulement de contribuer à augmenter, pendant le cours même de la bataille, la valeur défensive d'une position, mais aussi de se tenir prêts à rompre la banquise de glace, au fur et à mesure qu'elle pourrait se reformer; la gelée, en effet, en couvrant le ruisseau d'une épaisse couche solide, aurait eu bien vite fait de supprimer l'obstacle que formait la Lisaine. Le froid était intense; le thermomètre marquait 12 et 15 degrés au-dessous de zéro et la clarté du ciel indiquait la fixité de cette température sibérienne.

Les chemins descendant du plateau dans la vallée et que recouvrait une neige glacée devaient être piqués et recouverts, autant que la chose était possible, de sable et de cendres, de paille ou de terre, afin de les rendre moins glissants. Pour faire fondre le verglas, à certains points de passage importants, il était prescrit d'entretenir des feux pendant toute l'action.

Des relais, très sérieusement organisés, étaient échelonnés sur les voies de communication en arrière du front. Le service du réapprovisionnement en vivres et en munitions avait été minutieusement organisé.

Le 15, dès l'aube, après une rapide inspection des positions sur lesquelles il allait attendre le choc de l'ennemi, de Werder gagnait son observatoire du mont Vaudois. Des officiers d'état-major dispersés sur tout le front défensif, avaient pour mission de le tenir au courant de tous les événements. Le général allemand fouillait l'horizon vers l'ouest, pour surprendre les premiers mouvements et surtout la direction de marche de l'armée française, partant les intentions de Bourbaki.

Vers l'est, il écoutait le canon des remparts qui, à de longs intervalles, ébranlait l'air d'un appel à l'armée amie, dont la présence lui rendait l'espoir.

Sans doute, de Werder espérait sortir à son honneur de la situation périlleuse que les circonstances lui imposaient. Mais il avait prévu la possibilité d'une catastrophe, l'éventualité de la retraite : l'on a montré longtemps, dans la contrée, sur les hauteurs du Vaudois, un grand arbre dans les branches duquel l'état-major alle-

mand avait déposé une caisse de matières inflammables;
la mise de feu à cet appareil improvisé devait être le signal de la retraite générale.

Il est de toute justice d'interrompre ici le récit historique pour signaler cette *vaillante énergie des chefs
de l'armée allemande.* Soutenue par l'opiniâtreté du
feld-maréchal de Moltke qui, une fois son but arrêté,
ne voyait plus que lui et dédaignait tous les obstacles,
elle fut une puissante cause de succès.

Il y a d'amers sujets de réflexions dans la comparaison
des états d'âme que le philosophe rencontre chez les
chefs des armées ennemies (1). D'un côté, c'est le profond sentiment du devoir, une grande habitude de la
conduite des troupes, une confiance raisonnée dans le
succès, doublée d'une ténacité qui multiplie étonnam-
ment la force de la résistance. De l'autre côté, c'est la
mollesse dans l'offensive; c'est la faiblesse des concep-
tions militaires, c'est le découragement dû au peu de
confiance que le général a dans les éléments qu'il commande; c'est surtout l'idée fixe qu'il est impossible à
une armée de mobiles, quel que soit son effectif, de rompre les corps allemands.

Valmy et Jemmapes ne sont donc plus la preuve que,
dûment réglé par la ferme volonté d'un général en chef
qui sait les défauts mais se souvient surtout des quali-
tés des éléments dont il dispose, l'entrain des levées en
masse est une condition suffisante de succès?

---

(1) « Entre Bourbaki et la Délégation d'une part, Werder,
Manteuffel et Moltke de l'autre, la lutte était vraiment trop iné-
gale. » (Pierre Lehaucourt.)

ARTICLE II

FRANÇAIS

---

1. — Inaction de l'armée française après Villersexel (1).

Dans la journée du 13 janvier, l'armée de l'Est, trompée par son ignorance de la véritable situation, s'était déployée presque tout entière devant les troupes allemandes qui occupaient Arcey. Jetées en avant de la position principale, celles-ci avaient, grâce à la faiblesse manœuvrière de l'adversaire, parfaitement rempli leur rôle de poste avancé : elles avaient contenu l'ennemi et fourni au général de Werder de précieuses indications, puisque Bourbaki avait dû découvrir à la fois ses intentions et ses moyens.

« Je gagne encore du terrain, je ne perdrai pas le temps et tâcherai de profiter, dès demain ou après-demain, de mon succès pour enlever Héricourt et faire lever le siège de Belfort, » écrivait le général Bourbaki, le 13 janvier, à 3 h. 30 du soir au Ministre de la Guerre.

Chose étonnante : Bourbaki sentait qu'il était indis-

---

(1) Voir J. Diez, *Le Combat de Villersexel*.

pensable d'*agir vite* (1); mais la situation matérielle et
morale dans laquelle il croyait ses troupes imprimait à
son esprit une telle dépression qu'il ne pouvait se résoudre à une offensive hardie : les difficultés réelles,
mais exagérées dans leurs conséquences, du réapprovisionnement en vivres et en munitions lui faisaient croire
à une impossibilité absolue de se porter en avant. Et
pourtant, si l'on veut bien se replacer dans les conditions mêmes où se trouvait l'armée de l'Est, on sera
convaincu que l'offensive immédiate eût été moins meurtrière qu'un piétinement sur place où les effectifs fon-
daient à vue d'œil. Ce n'était plus de la rapidité qu'il
fallait, c'était une *précipitation raisonnée*. C'était bien
le cas de dire : « Le temps passe et les jours sont des
mois (2). »

« Quand nous cherchons à vous faire hâter, c'est par
l'unique pensée de diminuer les dangers de votre marche, mais pas un instant nous ne doutons de vos excellentes dispositions. » (Dépêche adressée par de Freyci-
net au général Bourbaki, le 14 janvier, matin.)

Nos malheureux soldats, transis de froid, dédaignaient
l'insuffisant abri que constituaient leurs petites tentes.
Ils les dressaient avec des bâtons pour se garantir contre
le vent. Qu'elles furent pénibles, ces nuits glaciales passées au bivouac sur un sol couvert de près d'un mètre
de neige ! Mal protégés, mal vêtus, plus mal nourris encore, les hommes restaient exposés aux rigueurs d'une
température sibérienne contre laquelle ne pouvaient lutter les maigres feux que le bois gelé permettait d'allu-
mer. Notre mode de stationnement désastreux a con-

---

(1) « La force d'une armée, comme la quantité de mouvement
en mécanique, s'évalue par la masse multipliée par la vitesse. »
(Napoléon.)
(2) Napoléon à Daru, camp de Boulogne, 30 août 1805.

tribué certainement, et dans une large mesure, à faciliter la tâche des Allemands.

C'est pourquoi l'offensive eût dû être rapide : elle
n'aurait pas semé plus d'hommes que ne nous en enle-
vaient les évacuations par suite de congélation. La masse,
malgré tout, était dévouée; l'immobilité prolongée usait
son énergie et faisait subir à l'armée une dépression physique et morale peu faite pour la préparer aux épreuves qu'il lui fallait encore affronter. Et pourtant, il est
indiscutable que, le soir du combat d'Arcey, nos troupes avaient un moral sur lequel on pouvait compter.
Les témoignages ne manquent pas qui viennent affirmer l'ardeur enfiévrée des mobiles de l'armée de l'Est.
« Les hommes ne marchent pas, ils volent; la faim, la
soif, la fatigue, tout est oublié, on est vainqueur. »
(Commandant de Layrolles.)

Le 13 janvier au soir, les 15e, 24e et 20e corps étaient
concentrés sur la ligne Dung - Aibre - Le Vernoy, à
moins de 8 kilomètres des positions allemandes. Le 18e
corps, qui devait former l'aile gauche, ne devait atteindre Moffans et Courmont qu'assez tard dans la nuit.
Quant à la division Cremer, elle venait seulement de
quitter Vesoul.

2. — Ordre contenant le plan d'engagement pour la journée du 15 janvier.

Singulière était la situation des deux adversaires. Au
contact presque immédiat, à peine séparés l'un de l'autre par une rivière que seuls les efforts des pionniers
allemands transformaient en sérieux obstacle tactique,
Français et Allemands étaient constamment sur le qui-
vive. L'indépendance que la situation d'assaillant assurait au général Bourbaki aurait dû être employée pour

tirer parti des escarmouches continuelles qui, le 14 janvier, avaient lieu sur la ligne avancée : la volonté du commandant en chef aurait pu les transformer en reconnaissances offensives du plus haut intérêt. Elles ne furent pas utilisées.

C'est dans ces conditions que l'armée de l'Est allait aborder la formidable position d'Héricourt. Le général Bourbaki, la mort dans l'âme, tenaillé par de désespérantes inquiétudes, donna, le 14 au soir, l'ordre qui constitue le plan d'engagement pour la journée du 15 janvier.

« Onans, le 14 janvier 1871.

» L'armée continuera demain sa marche offensive. Toutes les troupes devront avoir mangé la soupe et prendre les armes à 6 h. 30 du matin.

» Dès que le jour commencera, le 15e corps se dirigera sur Montbéliard en faisant fouiller tous les bois avec le plus grand soin, s'avançant avec précaution et surveillant la route qui longe le Doubs sur son flanc droit; il s'emparera du bois Bourgeois, de la ferme de Mont Chevis et des positions avoisinantes de la rive droite de la Lisaine; il fera ouvrir contre la citadelle et la ville le feu de son artillerie. Le 24e corps, se laissant un peu devancer par le 15e, occupera le bois dit Montévillars, le Grand Bois, le bois de Tavey et celui du Chanois; il se portera jusqu'à la Lisaine et s'emparera des différents points de passage de cette rivière. Il disposera son artillerie sur la rive droite de la Lisaine, de manière à battre le mieux possible l'autre rive.

» Le 20e corps marchera sur Héricourt en passant par Tavey dont il s'emparera, s'il est nécessaire, en se reliant avec le 24e dans le bois de ce nom et avec le 18e dans les Bois Communaux qui couvrent les hauteurs entre Coise-

vaux et Byans; il aura pour mission d'occuper Héricourt, mais il ne s'emparera de ce village qu'après que
l'effet voulu aura été produit par le 18ᵉ corps et la division Cremer, comme par les mouvements tournants à
plus court rayon qu'il devra exécuter par sa propre gauche.

» Le 18ᵉ corps, se reliant par sa droite, comme il a
été dit, avec le 20ᵉ corps, occupera Couthenans, Luze
et Chagey.

» La division Cremer, venant de Lure, opérera à la
gauche du 18ᵉ corps; elle se mettra en route assez tôt
pour arriver sur la Lisaine dès 6 heures du matin, en
évitant de suivre, s'il est possible, la partie de la route
de Lure à Chagey la plus voisine de ce dernier village,
qui est affectée spécialement au 18ᵉ corps; cette division
exécutera un mouvement tournant à notre extrême-gau-
che en passant, s'il est possible, la Lisaine à 2 kilomètres
en amont de Chagey et laissant le pont de ce village à
la disposition du 18ᵉ corps. Elle se dirigera sur Mandrevillars et Echenans et subordonnera son action à celle
du 18ᵉ corps qui passera par Chagey et Luze; elle ob-
servera avec grand soin les routes ou chemins permettant de se porter de Belfort sur notre flanc gauche, notamment par Frahier et Châlonvillars.

» La réserve ne se mettra en marche qu'après que
tout le 24ᵉ corps sera tout entier à droite de la route
d'Arcey à Héricourt, de façon à ne pas entraver le mouvement de ce corps; elle s'établira entre les villages
d'Aibre et de Trémoins, en ayant le plus grand soin
de laisser la route libre et de se tenir prête à se porter
en avant partout où sa présence sera jugée nécessaire.

» L'action devra s'engager par la droite, c'est-à-dire
par le 15ᵉ corps que soutiendra le 24ᵉ, en se portant sur
la Lisaine. Le rôle du premier de ces corps sera d'occuper Montbéliard, mais sans brusquer le mouvement,

de façon à réduire les chances de pertes et à bénéficier du mouvement de notre extrême gauche destiné à rendre plus aisées les opérations du reste de l'armée. Sa mission sera d'ailleurs facilitée par le mouvement de quatre bataillons qui, par ordre du général Rolland, commandant la division militaire de Besançon, ont quitté la position de Blamont et doivent menacer la retraite des défenseurs de Montbéliard en descendant le Doubs sur la rive droite en se portant sur Exincourt et Sochaux. Le 15ᵉ corps ne perdra pas de vue qu'il sert de pivot et que le mouvement de conversion doit être exécuté par les autres corps.

» Le 24ᵉ corps, dans le même but, ne hâtera pas trop sa marche en avant; il occupera les points de passage de la Lisaine et jettera des tirailleurs sur la rive gauche de cette rivière, ne la franchissant complètement qu'autant qu'il en recevra l'ordre.

» Le 20ᵉ corps ne lancera sa droite et son centre sur le village d'Héricourt qu'après l'avoir fortement canonné et avoir laissé se produire les effets du mouvement de sa propre gauche et ceux du 18ᵉ corps et de la division Cremer.

» Le 18ᵉ corps quittera ses bivouacs au point du jour, mais il ne s'engagera qu'après avoir entendu le canon du 15ᵉ corps; il fera prévenir le général Cremer du moment où sa division devra se porter en avant, afin de bien coordonner le mouvement de cette division avec le sien. Si le mouvement général de l'armée réussit, la division Cremer occupera à la fin de la journée le village d'Argiésans et les positions avoisinantes; le 20ᵉ corps occupera Héricourt et les positions en avant de ce village; le 18ᵉ corps sera entre le 20ᵉ et la division Cremer; le 24ᵉ corps tiendra le cours de la Lisaine à partir d'Héricourt en se reliant par sa droite au 15ᵉ qui occupera Montbéliard; la réserve recevra sur le terrain

même les ordres relatifs à la position qui lui sera assignée.

» Les commandants de corps d'armée feront les recommandations les plus expresses pour que toutes les
attaques soient préparées par le feu de l'artillerie et
que l'infanterie se fasse toujours précéder à bonne distance par de nombreux tirailleurs. L'armée doit se faire
éclairer avec soin sur son front et sur ses flancs, afin
que la présence de l'ennemi ou celle des ouvrages qu'il
aurait pu élever, ou les travaux de défense qu'il aurait
préparés soient toujours signalés à temps. Il arrive fré-
quemment que les bois occupés par l'ennemi sont gar-
nis de fils de fer; les tirailleurs devront porter leur attention sur ce point et se mettre en mesure de les détruire.

» Les corps d'armée se relieront avec un soin d'autant plus grand que le terrain est plus coupé, plus couvert; les commandants de ces corps communiqueront
entre eux aussi souvent que possible et s'attacheront à
faire connaître les points sur lesquels on pourra les rencontrer. Les points de passage devront être reconnus
le mieux possible. Toutes les mesures précédemment
ordonnées seront prises pour faciliter l'emploi des routes et chemins et les rendre moins glissants (1); les arbres nécessaires pour la construction des ponts seront
abattus, les rampes pour le passage de ces ponts faites
rapidement; les ouvriers et les outils seront tenus à la
portée des points où leur emploi sera jugé utile.

» Les convois de vivres seront laissés en arrière. Il
en sera de même des réserves de munitions, mais elles
précéderont ces convois afin que le remplacement des
munitions puisse être effectué en temps opportun.

» Dès aujourd'hui, des distributions de vivres et de

---

(1) Voir l'ordre de mouvement du 11 janvier 1871.

munitions devront être faites dans chaque corps. Le ravitaillement de ces munitions pendant le combat ne
saurait être opéré utilement qu'autant que l'emplacement exact des réserves sera parfaitement connu des
commandants de corps et de divisions.

» Le 18ᵉ corps devra, s'il est nécessaire, assurer, pendant le combat, les besoins en munitions de la division
Cremer.

» Le général er chef se tiendra, autant que possible,
sur la route d'Aibre à Héricourt. »

Bien que cet ordre général eût implicitement placé
la division Cremer sous les ordres du général Billot, le
général en chef crut devoir la prévenir directement. Il
adressa à son chef, à Lure, un télégramme constituant
un double de l'ordre de mouvement (1).

» Onans, le 14 janvier, 2 heures du soir.

. » J'attaquerai demain 15. Reliez-vous avec le général
Billot. Mettez-vous en route assez tôt pour arriver sur
la Lisaine vers 6 heures du matin; suivez la route de
Lure à Héricourt le moins longtemps possible afin de ne
pas vous rencontrer avec la gauche du 18ᵉ corps; quittez-
la dans ce but, s'il est possible, avant Béverne. Vous
avez pour mission d'opérer un mouvement tournant à
notre extrême gauche, en vous jetant tout d'abord dans
le bois de la Brisée après avoir passé la Lisaine à 2 kilomètres environ en amont de Chagey et vous dirigeant
sur Mandrevillars et Echenans. Vous subordonnerez

---

(1) Ce télégramme complétait celui que Bourbaki avait adressé
au général Cremer, le 13, à Vesoul : « Si vous pouvez, après-demain 15, partir de Lure et marcher dans la direction de Belfort, vous aurez peut-être un très grand succès. J'attaquerai ce
jour-là Héricourt et marcherai moi-même sur Belfort. »

votre action à celle du 18ᵉ corps qui pourra passer par Luze et Chagey; c'est au commandant de ce corps que vous devrez vous adresser, s'il devenait urgent de remplacer les munitions dépensées. Vous observerez avec soin les routes et chemins permettant de se porter de Belfort sur notre flanc gauche, notamment par Frahier et Châlonvillars. Si le mouvement général de l'armée réussit, vous devez occuper à la fin de la journée le village d'Argiésans et les positions avoisinantes; le 20ᵉ corps tiendra Héricourt, le 18ᵉ sera entre le 20ᵉ et vous. »

Ce télégramme n'arriva point à destination. A-t-il été capturé à Lure par le détachement Willisen qui occupait encore la ville? Le colonel Poullet le prétend. Les relations allemandes n'en parlent pas. Le télégraphe, dont le fonctionnement était fort précaire, ne l'a-t-il pas transmis? Mystère. Ce point d'histoire est d'ailleurs un détail sans importance comme la suite du récit le montrera.

3. — Etude critique de l'ordre du 14 janvier.

Le plan d'engagement donné le 14 janvier par le général Bourbaki se résumait en une manœuvre dont les idées primordiales étaient relativement nettes :

a) *Combat de front*, ayant pour but de fixer l'adversaire sur ses positions et d'interdire le jeu de ses réserves;

b) *Démonstration* sur l'aile gauche allemande pour tromper l'ennemi sur le point d'attaque réel;

c) *Mouvement tournant*, exécuté sur le flanc droit de l'adversaire; c'était de cet effort que le général Bourbaki attendait le succès.

- L'idée générale de ce plan était assurément excellente et s'inspirait de ce grand principe évoqué par Napoléon lorsqu'il dit : « Ne jamais attaquer les troupes qui occupent de bonnes positions dans les montagnes; mais les débusquer en occupant des positions sur leurs flancs ou sur leurs derrières. »

La pensée du général commandant l'armée de l'Est se dégage donc très nettement, mais il eût fallu un Berthier pour la développer dans les prescriptions de détail. Une étude minutieuse de l'ordre du 14 janvier montre qu'il y a contradiction continuelle entre l'idée-mère sortie du cerveau du général en chef et les dispositions prises pour l'exécution. Le colonel Leperche, devant la commission d'enquête parlementaire, a tenté des explications qui sont loin de convaincre les esprits impartiaux; elles ne peuvent infirmer ce que nous disions dans un précédent travail sur la responsabilité qui lui incombe dans les insuccès de l'armée de l'Est (1).

Si les ordres donnés avaient été strictement exécutés, la ligne de bataille se serait dessinée suivant un arc de cercle sur lequel la coordination des efforts aurait pu exister. Mais, en subordonnant d'une manière aussi rigoureuse l'action des corps d'armée les uns aux autres, en réglant avec une *minutie tâtillonne* les plus petits détails de temps et de directions, on constituait un ensemble fragile où la liaison était à la merci du moindre accroc. Le plus petit événement fortuit, — et il fallait en prévoir, — allait jeter dans l'opération ainsi précisée une perturbation dont on comprendra toutes les conséquences si l'on se souvient qu'elle doit se dérouler sur un terrain particulièrement couvert et coupé, où

---

(1) Voir J. Diez, *Le Combat de Villersexel.*

les communications entre les colonnes sont fort difficiles, disons même impossibles à maintenir.

Cette minutie dans les ordres ne pouvait-elle pas
d'ailleurs avoir pour autre conséquence grave, en dé-
pouillant les commandants de corps d'armée d'une *initiative* à laquelle ils avaient droit, d'enlever à l'action
l'élan et la vigueur sans lesquels elle est vouée à un pi-
teux avortement (1)? Dans les conditions où était placée l'armée de l'Est, l'unité de commandement était difficile à réaliser : le terrain s'y opposait.

Il était dès lors essentiel, dans un ordre court et précis, de déterminer d'une manière nette le but à atteinj-
dre, puis d'en abandonner l'exécution aux commandants de corps d'armée, bien renseignés sur les idées du
général en chef et qui eussent entraîné leurs troupes au
mieux des intérêts de l'armée française (2).

Ce n'est évidemment pas ce qui ressort de l'ordre du
14 janvier. « Il semble que Bourbaki ait redouté qu'ils
y missent trop d'élan..... Ce n'est point le langage d'un
général en chef soucieux de voir tous les rouages de son
armée donner leur rendement maximum. » (Pierre Lehautcourt.)

Dans l'idée primordiale du général Bourbaki, le combat de front n'était qu'une démonstration. *La réparti-*

---

(1) « Chacun, dans sa sphère, a la faculté d'employer à son gré
les moyens dont il dispose, son initiative n'ayant d'autres limites
que celles imposées par la nécessité de tenir compte de la situation et de s'inspirer toujours de la pensée du chef. » (Règlement
du 8 octobre 1902.)
  « Trop de minutie dans les ordres, le trop grand souci d'envisa-
ger toutes les éventualités habitue simplement les sous-ordres à
ne prendre aucune initiative, sans garantir pour cela le succès
des dispositions adoptées. » (York de Wartenburg.)
  (2) « On ne réussit que sur un plan établi et qu'avec des éléments bien d'accord. » (Napoléon à Jérôme, Thorn, 5 juin.)

tion des troupes devait dès lors être faite en conséquence. Or, si le 15ᵉ, le 24ᵉ, le 20ᵉ corps et la réserve générale occupaient un front de 10 kilomètres, le 18ᵉ corps
et la division Cremer allaient se déployer sur une ligne
d'environ 5 kilomètres. On peut en conclure que les
forces françaises sont éparpillées à peu près également
sur tout le front : c'était illogique.

Trop concentrées à droite et au centre, nos troupes ne
l'étaient pas assez à gauche, alors que le contraire aurait dû exister. Cette disproportion s'accentua encore
dans la réalité : la division Cremer dut dépasser Chenebier et nous verrons par la suite combien il y eut inégalité flagrante entre les effectifs et les rôles à rem-
plir.

Le principe intangible de l'*économie des forces* est
aussi vrai en art militaire qu'en philosophie sociale. Il
eût fallu l'appliquer devant la Lisaine et réduire les
effectifs destinés à l'attaque de front. Dans l'ordre du
général en chef, le 15ᵉ corps devait s'emparer de Montbéliard et le 20ᵉ d'Héricourt. La configuration du terrain, son organisation défensive, rendaient cette tâche
à peu près impossible. Dès lors, il eût été prudent de se
borner à des démonstrations devant le front ennemi
et de réserver nos efforts pour des résultats plus tan-
gibles.

L'ordre, tel qu'il fut donné, comblait réellement les
vœux les plus chers de l'ennemi : loin d'éviter le champ
de bataille choisi par de Werder, champ qu'il avait re-
connu, étudié, fortifié, où il s'était retranché, on venait
volontairement se heurter à la citadelle formidable qu'il
avait rapidement édifiée.

Cette attaque irraisonnée se faisait d'ailleurs dans des
conditions particulièrement défavorables. Nous n'insisterons point sur la valeur des troupes de l'armée de

l'Est. Telles qu'elles étaient, elles pouvaient manœu-
vrer, mais non attaquer des positions formidables :
c'étaient les produits de la levée en masse et non les
troupes aguerries de Malakoff.

Mais il est nécessaire de signaler que la ligne sur laquelle l'attaque de front va se produire, trop restreinte
pour le déploiement des troupes que l'on y consacre, est
au surplus embrouillée par des mouvements de terrain
accentués et heurtés et par une ligne continue de fourrés épais, dont l'impraticabilité imposait aux mouvements de troupes des obstacles presque insurmontables.
On aurait dû redouter de ce chef la confusion, le désordre et, dans le déploiement de l'infanterie, un mélange
fâcheux des unités.

Cette configuration du terrain rendait très difficile
l'*emploi de l'artillerie*. La réunion, en grandes batteries, des éléments de nos colonnes, était matériellement
impossible. Ce fait eut pour conséquence l'impuissance
de nos canons, l'impossibilité de préparer les attaques
de l'infanterie, par suite, l'insuccès de l'offensive française. « Une bonne infanterie est sans doute le nerf de
l'armée, mais si elle avait longtemps à combattre contre
une artillerie supérieure, elle se démoraliserait et serait
détruite. » (Napoléon.)

La *démonstration sur l'aile gauche allemande* est encore une violation flagrante du principe de la concentration des efforts et des énergies. L'attaque, appliquant
le principe essentiel de l'économie des forces, ne doit
avoir qu'un but à la fois et négliger tous les autres.
Dans cette unité de l'action, on devra employer toute
la vigueur physique et toute l'énergie morale dont on
peut disposer : il s'agit, en effet, de jouer le tout pour
le tout à un point précis, à l'endroit et au moment que
l'on a choisis pour faire sa trouée. Disperser ses efforts

de tous côtés, c'est marcher vers l'insuccès : on ne viole pas impunément les lois éternelles de guerre auxquelles se sont conformés tous les grands capitaines.

Il faut donc considérer comme illusoire la démonstration des bataillons de la garnison de Besançon : ce n'était pas ce maigre contingent qui pouvait sérieusement inquiéter le détachement Debschitz.

En principe, le général Bourbaki avait décidé de produire l'*événement* par l'action débordante de sa gauche. Dans l'exécution, rien ne fut disposé pour donner au mouvement décisif la soudaineté et la puissance sans lesquelles il ne peut réussir; rien n'assurait à ce mouvement la force de démoralisation qui donne la victoire.

Le 18e corps et la division Cremer étaient, en effet, dirigés sur Chagey. C'était se priver de l'emploi de la grande route Lure - Ronchamp - Frahier - Belfort, la vraie route cependant pour l'attaque sur l'aile droite ennemie. Le mouvement tel qu'il fut ordonné ne débordait absolument rien, mais allait amener, sinon la division Cremer, du moins le 18e corps sur Chagey, centre très redoutable des positions allemandes. Elles étaient non seulement dominées par le mont Vaudois, dont le canon maîtrisait à la fois la vallée et les hauteurs, — mais bordées par le cours de la Lisaine qui, en cet endroit, est encaissée entre des rives escarpées et rocheuses, — et surtout défendues par des troupes que la proximité de la réserve générale permettait de renforcer suivant les besoins.

Sur ce point donc, on ne pouvait espérer frapper le coup décisif. C'était plus haut qu'il fallait agir pour tourner réellement l'ennemi. C'était sur Frahier qu'il fallait diriger l'attaque enveloppante. Ainsi orientée, elle aurait constitué l'événement; elle aurait eu, en outre, l'avantage de dégager le terrain nécessaire au déploiement des corps du centre.

D'un autre côté, on eût évité l'encombrement qui se produisit à Béverne, placé à la fois sur la route de la division Cremer et sur celle du 18ᵉ corps : c'était la suppression d'incidents et de retards qui devaient avoir des résultats fâcheux.

Ces erreurs de l'ordre de mouvement du 14 janvier sont d'une naïveté tellement déconcertante que le colonel fédéral Lecomte n'ose en accuser le haut commandement de l'armée de l'Est. « Y eut-il erreur de noms propres du copiste qui prit Chenebier ou Chagey pour *Frahier* et Mandrevillars pour *Chalonvillars* ? Nous ne savons, mais c'est évidemment sur ces localités que nous soulignons, c'est tout bonnement sur la grande route de Lure à Belfort par Frahier que Cremer aurait dû être dirigé pour tourner quelque chose, tandis que par Chagey, il ne pouvait que s'empêtrer dans le 18ᵉ corps. »

Les causes de ces contradictions entre les ordres de détail et l'idée directrice de l'ensemble ne seraient-elles pas dans le *manque de renseignements* du haut commandement sur l'adversaire qu'il prescrit à ses troupes d'aborder ?

Dans le plan d'engagement, en effet, il n'est jamais question de la position de l'ennemi. Les divisions reçoivent des ordres de marche comme s'il s'agissait d'une simple promenade militaire : on leur donne même les cantonnements à atteindre sans s'occuper si les troupes rencontreront l'ennemi dans le trajet et si, dans ce cas, elles pourront entrer en ligne aux points et surtout aux heures indiquées.

Pour agir en connaissance de cause, il faut, à la guerre, être renseigné. « La guerre n'est pas un acte conjectural; il faut régler ses mouvements sur ceux de son adversaire et non sur une idée. » (Napoléon.)

Bourbaki ne savait rien ou à peu près rien de son adversaire. Nos malheureux cavaliers, dont les chevaux manquaient de clous à glace, étaient obligés de traîner leur monture par la bride; ils restaient collés aux colonnes qu'ils escortaient péniblement. Le service de la cavalerie était rendu impossible par le verglas qui couvrait les routes.

Sans doute, le fait est incontestable. Mais il est non moins réel que, pendant ce même temps de froid excessif, sur les mêmes routes, les cavaliers allemands remplissaient leur mission de reconnaissance comme en temps ordinaire.

Cela tient assurément à l'usage de la ferrure à glace que nos troupes ne possédaient pas. Mais, au lieu de s'obstiner à la réclamer au gouvernement de Bordeaux, pourquoi n'organisait-on pas directement des ateliers qui auraient largement suffi à nos besoins? Cette prétention de rejeter toute la responsabilité des faiblesses de nos approvisionnements sur le délégué à la guerre tombe sous le coup des mêmes observations que celle affichée par le général Bourbaki de vouloir que le Ministre de la Guerre le prévînt des mouvements que l'ennemi faisait devant son front.

« En règle générale, tout chef doit s'occuper lui-même d'obtenir les informations dont il a besoin. » (Von der Goltz.)

En résumé, une idée primordiale aurait dû servir de guide dans l'élaboration du plan d'engagement pour la journée du 15 janvier : *s'emparer au plus tôt de la route de Lure à Belfort par Frahier* (1). Pour atteindre ce

(1) C'est un des signes les plus caractéristiques du vrai général

résultat, il suffisait de laisser au général Billot le choix des moyens (1). Cremer n'avait qu'à marcher droit devant lui; il disposait à cet effet d'une très belle route praticable à la plus grosse artillerie. Le 18e corps aurait utilisé l'excellente voie de Béverne à Frahier par Chenebier.

En poursuivant ce but naturel, on se fût évité tout tâtonnement, toute erreur; il n'eût plus été besoin de régler les mouvements des corps les uns sur les autres au risque de compromettre, à la plus simple avarie, des manœuvres aussi rigoureusement et minutieusement machinées.

Le général en chef eût conservé la haute direction de la bataille pour alimenter le combat de front au moment où le mouvement de flanc allait produire le résultat poursuivi. Il eût pu le faire par l'emploi d'une réserve sérieuse, forte au moins d'un corps d'armée, qui lui aurait permis d'intervenir au moment opportun et d'imprimer à la bataille le cachet de sa personnalité.

« Ainsi, mauvaise répartition des troupes sur notre front, extension insuffisante de celui-ci, timidité extrême de certaines prescriptions, dispositions défectueuses en vue du débouché de nos troupes, tels étaient les défauts saillants des ordres du 14 janvier. Joints aux vices d'organisation, à la jeunesse de l'armée, à son état d'épuisement résultant de la saison, des distributions insuffisantes; de longs parcours en chemin de fer, de

---

en chef que l'habitude, dans toutes les situations, de négliger les détails et l'accessoire pour concentrer sur le but principal toutes les forces morales et matérielles dont il dispose. » (Yorck de Wartenburg.)

(1) « Je n'ai pas vu un seul homme distingué et capable de la conduite de grandes affaires qui n'ait eu pour système de s'affranchir de toute espèce de détails et de s'en tenir à juger le travail dont il avait chargé les autres. » (Marmont, *Mémoires*.)

marches fort mal réglées, de bivouacs beaucoup trop fréquents, ils mettaient d'avance la plus grande partie des chances contre nous. » (Pierre Lehautcourt.)

Il aurait fallu à cette armée de l'Est, qui ne manquait ni de bravoure ni de fermeté, un chef qui eût une vision plus rapide de la situation, une conception plus précise des nécessités tactiques et qui sût obtenir une exécution plus énergique des ordres donnés (1).

« Parmi les causes de la défaite de l'armée de l'Est, il faut avant tout compter le *choix malheureux des personnes*. Bourbaki n'était décidément pas l'homme qu'il aurait fallu pour une situation comme celle qui lui avait été faite. » (Von der Goltz.)

Il lui manquait cette influence prestigieuse, marque distinctive du vrai général en chef, et qui consiste en la faculté de donner du cœur aux autres, de les soutenir, de les enlever. C'est au moment où l'adversité menace d'accabler la masse des hommes que le chef vraiment digne de ce nom a la plus belle occasion de montrer toute sa grandeur.

---

(1) « La vraie cause des souffrances de l'armée, de la lenteur extrême de ses mouvements, tint à l'organisation, à la composition, au commandement de nos troupes. Ni les généraux, ni les états-majors ne s'attachaient à leur éviter des fatigues inutiles. On les laissait stationner des heures sous les armes avant leur départ, pendant les routes et à l'arrivée : on ne savait pas utiliser les chemins latéraux ; on constituait des colonnes trop lourdes, trop peu maniables. On vivait presque uniquement sur d'immenses convois et fort mal. On bivouaquait constamment malgré la saison et l'éloignement de l'ennemi. Toutes ces conditions semblaient être réunies pour affaiblir des troupes jeunes, sans consistance, dont les cadres étaient, en grande majorité, la médiocrité même. Au lieu de s'aguerrir, ces formations improvisées perdaient chaque jour de leur valeur. » (Pierre Lehautcourt.)

CHAPITRE II

JOURNÉE DU 15 JANVIER

Le dimanche 15 janvier, une aube de deuil se lev
parmi les brumes couleur de suie qui couvraient le fon
de la vallée. Le temps était très froid; le thermomètr
marquait 12 degrés au-dessous de zéro. Sur la rive gau
che de la Lisaine, les Allemands attendaient, anxieux
le choc de l'armée française.

A 8 heures du matin, tiré par les batteries du mor
Vaudois, tonnait le premier coup de canon de cett
grande et importante bataille de trois jours.

Il sembla, dans les lignes françaises, que ce bruit d
guerre, répété par tous les échos des montagnes, vena
de réveiller l'énergie des moins entraînés. Sur ces hom
mes énervés par l'attente, la voix puissante de l'artille
rie avait produit un effet extraordinaire. Tous frémis
saient, oubliant leurs souffrances. On va se battre
C'était une sombre satisfaction, le besoin de s'évader d
ce cauchemar où l'on vivait depuis de longs jours.

Cette fois, tous le sentaient, c'était l'inévitable ba
taille, et ils en étaient heureux. Sur ces visages d'un
pâleur terreuse, ravagés par la faim, sur ces faces blê
mies, durcies de fatigue et de sommeil, revint une flam
blée d'énergie qui transfigura même les plus las. Tou
ont compris que c'est le sort de l'armée de l'Est qu
va se jouer dans une lutte mémorable à laquelle nou
demanderons, non seulement des leçons de tactique gé
nérale, mais aussi et surtout des sujets de réflexion
des expériences de psychologie militaire.

ARTICLE Ier

LE COMBAT DEVANT LA GAUCHE ALLEMANDE

Sommaire : 1. Combat de Montbéliard. — 2. Combat de Béthoncourt. — 3. Combat de Bussurel.

———

1. — Combat de Montbéliard.

Le 15e corps avait passé la nuit à Montenois, Sainte-Marie, Présentevillers, Saint-Julien, Issans.

Le 15 janvier au matin, la division Peytavin (1) devait s'avancer par Dung, pour se diriger sur Montbéliard, pendant que la 1re division marcherait sur le bois des Chailles, le bois du Berceau et sur le bois Bourgeois. La 2e division suivrait en réserve. Ce programme ne fut qu'imparfaitement rempli.

Après avoir dépassé Dung, le général Peytavin engagea sa première brigade dans le bois de la Haie et le bois Georges. A 10 heures, elle apparaissait devant Sainte-Suzanne, où elle se heurtait aux avant-postes du colonel Zimmermann. Ceux-ci sont refoulés.

Le colonel d'Usedom, qui visitait en ce moment les emplacements occupés par les troupes de couverture, appelle aussitôt, des abords sud de Sainte-Suzanne, trois compagnies de Lœtzen — 1re, 3e et 4e — et la 7e compagnie de Marienburg. La résistance de la 2e compagnie de Lœtzen, établie sur la hauteur au nord du village — cote 391 — permettait aux renforts d'entrer en action dans de bonnes conditions. Son chef, le lieutenant Nikutowski, était tué.

———

(1) « Pour cette journée, à la place du 16e de ligne, retenu à la 1re division, la 3e division reçoit la légion étrangère. » (Journal de marche de la 3e division.)

Le major du Harder lance vigoureusement les trois compagnies de Lœtzen. Bientôt rejointes par la compagnie de Marienburg, elles parviennent, après un combat traîné en longueur, à rejeter sur le Rupt nos têtes de colonne, insuffisamment appuyées par leur artillerie.

Le bataillon de Marienburg, posté à Courcelles-les-Montbéliard, avait réussi, grâce à l'abri de la digue du canal, à nous interdire le débouché de Bart, empêchant ainsi le bataillon de Lœtzen d'être débordé le long de l'Allaine. Il dirigeait, de sa position, des feux de flanc fort efficaces sur les troupes françaises engagées devant Sainte-Suzanne.

La lutte se prolongea ainsi jusque vers 2 heures sans résultat marqué. Mais, à ce moment, l'avant-garde de la division Dastugue (1) venait de déboucher devant Mont-Chevis. Trois batteries, postées aux environs d'Allondans, prenaient la ferme sous leur feu.

Le 1er zouaves de marche est lancé en avant. Le mouvement, entamé par la 6e compagnie (lieutenant Por-teneuve), enlève la ferme (2). Les avant-postes prussiens, débordés par leur droite, se replient sur Montbéliard, vivement pressés par les mobiles de la Nièvre, de la Charente et de la Savoie.

A hauteur des ruines de l'ancienne citadelle, le bataillon de Lœtzen est recueilli par le bataillon d'Insterburg et par la 4e batterie légère de réserve : c'était heureux pour lui. Il avait été fortement éprouvé au cours de ce violent engagement dans lequel les corps

(1) Nous donnons à cette division le nom sous lequel elle est le plus connue ; mais il est juste de faire remarquer qu'elle avait à sa tête le général Durrieu, qui, évacué le 16 janvier, a pour successeur intérimaire le général Minot. Le général Questel fut de même remplacé par le lieutenant-colonel Lemoing.

(2) Les zouaves furent appuyés par deux compagnies des mobiles de la Nièvre (capitaines Cornu et Fournier).

français, appuyés par l'artillerie de la 1re divisoin du 15e corps, avaient fourni une vigoureuse offensive, obligeant le colonel Zimmermann à évacuer la rive droite de la Lisaine pour gagner une position en arrière de Montbéliard.

L'ordre donné parvenait tardivement au bataillon de Marienburg, à Courcelles. Poussé énergiquement par un bataillon du 32e mobiles (commandant de Vichy), il trouva les ponts de la Petite-Hollande détruits. La difficulté de sa retraite en fut augmentée d'autant. Longeant la Lisaine au sud, il gagna Exincourt et Sochaux, non sans laisser quelques prisonniers entre nos mains (1).

Ce mouvement de repli était protégé par deux compagnies — 6e et 8e — du bataillon de Gumbinnen, qui occupaient les faces ouest et nord de Montbéliard. Elles se retiraient vers 3 heures devant l'attaque concentrique exécutée par le 2e bataillon du régiment de tirailleurs algériens, le bataillon du 33e, le 34e de marche, une partie du régiment étranger et le 6e bataillon de chasseurs. Ces troupes pénétraient dans la ville abandonnée par le bataillon de Wehlau et où ne se trouvait plus que la garnison du château, sous les ordres du major d'Olzewski. Elle était forte de deux compagnies de landwehr (2) et disposait de six pièces de siège sous la direction du lieutenant Sauer.

Une batterie de la 3e division prend position au bord

(1) « L'ennemi abandonnait une vingtaine de morts, autant de blessés, et nous avions entre les mains 85 prisonniers. » (Rapport du lieutenant-colonel Horeau, commandant le 32e régiment de mobiles.)

(2) Le journal de marche de la division Peytavin évalue cette garnison de 12 à 1.500 hommes. Cet exemple montre avec quelle circonspection il faut employer les documents originaux de cette époque.

de l'escarpement qui domine Montbéliard (cote 391); elle dirige ses feux sur les batteries ennemies qui, du nord-est de la ville, couvraient de leurs projectiles le plateau et les bois environnants (1). Deux autres batteries de la réserve entraient en action vers 3 h. 30; elles avaient comme objectif les troupes d'infanterie allemande en retraite.

L'artillerie française eut beaucoup à souffrir du tir des pièces de siège du château de Montbéliard.

L'aile gauche allemande était, on le voit, sérieusement menacée. Le général de Glümer porte en avant la 1re brigade badoise et installe quatre batteries de campagne (2), à proximité des pièces de siège, sur le plateau de la Grange Dame. Le 1er bataillon et les fusiliers du régiment badois couvraient les ailes de cette ligne d'artillerie. Les fusiliers du 2e grenadiers badois sont poussés vers les débouchés est de Montbéliard. Le reste des troupes badoises était massé, à couvert derrière les hauteurs. Le bataillon d'Insterburg occupait la ferme de la Grange Dame, ayant une compagnie vers la hauteur cotée 373. Le bataillon de Wehlau gagnait le bois au nord de la ferme, établissant ainsi la liaison avec Béthoncourt. Les autres bataillons de landwehr avaient rétrogradé sur le bois de la Chaux et Sochaux.

Par cette occupation de l'éperon qui domine Montbéliard au nord-est, les troupes allemandes empêchèrent les têtes de colonne françaises de déboucher de la ville; celles-ci s'embusquèrent dans les maisons de la lisière est. Elles ne pouvaient se montrer à découvert dans la

---

(1) Cette batterie tira 167 obus jusqu'à 4 heures, moment où elle cessa le feu.
(2) 1re batterie légère et 1re batterie lourde de la division badoise; 2e batterie lourde et 4e batterie légère de la division de réserve.

vallée pour tourner la position allemande : les pièces du château enfilaient toute la prairie de Montbéliard à Béthoncourt et rendaient impossible la marche directe de Mont Chevis sur la Grange Dame. « L'adjudant-major reçoit l'ordre du général de division de sommer l'ennemi de se rendre s'il veut épargner aux nombreux blessés qu'il a dans le château, les conséquences d'un bombardement. Les Prussiens, qui s'y voyaient parfaitement à l'abri, répondirent à M. Casal, qu'ils s'y défendront jusqu'à la dernière extrémité. » (*Historique du 6ᵉ bataillon de chasseurs.*)

Il fallait procéder à l'attaque de cette citadelle : l'on n'en avait pas les moyens. On ignorait même à l'état-major du 15ᵉ corps que ce château existât encore. « Un officier supérieur du génie du 15ᵉ corps, à des demandes de renseignements, s'écrie : « Comment ! le château de Montbéliard est donc fortifié ! c'est impossible : je suis sûr qu'il est déclassé. » (H. Génevois.)

Sans doute, il était déclassé administrativement, mais il existait encore en tant qu'ouvrage. Les Allemands y avaient installé de l'artillerie et organisé un approvisionnement de vingt et un jours de vivres.

Chose plus bizarre, on ne reconnaissait rien de sa topographie exacte. « Si nous eussions supposé que l'attaque de cette place fût entrée dans le programme de nos travaux, nous n'eussions certainement pas manqué, pendant les courts moments passés à Besançon, de réclamer les plans de la ville, devenus aujourd'hui tout à fait inutiles au service du génie et qui eussent été d'un grand secours. Mais *on ne jugea pas nécessaire de communiquer à l'artillerie le projet du général en chef*, en sorte que nous arrivâmes devant Montbéliard sans avoir la moindre connaissance du terrain ; le lieutenant-colonel Odier, commandant le génie, n'était pas mieux informé que nous. » (Général de Blois.)

Le combat, dès lors, ne fut plus qu'une fusillade
stérile où s'immobilisèrent les deux infanteries (1). Une
lutte violente d'artillerie se prolongea jusqu'à la chute
du jour. L'artillerie française comprenait les batteries
des divisions Dastugue et Peytavin, appuyées, à partir
de 3 h. 30, par quelques pièces de la réserve d'artillerie
du 15e corps. Il n'est guère possible de préciser le nombre des pièces qui entrèrent en action; mais il paraît
certain que toutes ces batteries n'ont pas été employées
simultanément. Le soutien d'artillerie était constitué
par un bataillon du 32e mobiles et le 1er bataillon du
16e de ligne.

L'artillerie allemande, pour épargner ses munitions,
ne ripostait que faiblement : l'éloignement des positions
françaises ne rendait pas le tir de nos pièces bien dangereux. Les canons de gros calibres répondaient à peu
près seuls.

A la nuit, ce bruyant engagement cessa. Les deux
adversaires couchèrent sur leurs positions. Les Français
occupaient Montbéliard (2); le gros des troupes bivouaquait sur les plateaux de Sainte-Suzanne et de Mont-
Chevis. Les Allemands cantonnaient à Grand-Charmont
et Nommay, conservant leurs communications avec le
château par des patrouilles. Ce fut par l'une d'elles que

---

(1) On remarquera qu'ici, comme à Villersexel, les têtes de
colonne seules furent engagées. La division Rebilliard resta en
réserve; elle porta le 1er bataillon du 39e de ligne en renfort sur
le plateau de Sainte-Suzanne. On peut dire qu'elle ne donna ni
ce jour-là ni les jours suivants.

(2) Quelques auteurs ont cru pouvoir préciser cette occupation.
Cela nous paraît bien difficile. D'après l'historique du 6e bataillon de chasseurs, il y avait, dans Montbéliard, le 6e bataillon de
chasseurs de marche et le 1er bataillon du régiment étranger.
L'historique du 4e chasseurs cite un bataillon de tirailleurs, un
bataillon du 18e mobiles, une section de chasseurs. Enfin, l'historique du 39e de ligne indique que les 2e et 3e compagnies du
1er bataillon occupent la ville de Montbéliard avec d'autres troupes.

le major d'Olzewski reçut les ordres pour la journée du 16 janvier.

2. — Combat de Béthoncourt.

Le centre de la ligne placée sous les ordres du colonel Zimmermann était constitué par la position de Béthoncourt, occupée par le bataillon de Goldap, major de Normann.

Le pont de pierre de la Lisaine avait été rompu; la glace de la rivière était constamment brisée par les pionniers. Sur les berges rapides du flanc est de la vallée, des tranchées-abris constituaient une seconde position défensive, en arrière de la première.

Le poste de Mont Chevis — 60 hommes de la 7e compagnie, sous les ordres du sergent-major — avait été refoulé vers 2 heures par le 1er régiment de zouaves. Quelques instants plus tard, les batteries du 15e corps, appuyées par plusieurs pièces du 24e corps, en position aux abords de Vyans, commencèrent à couvrir Béthoncourt de mitraille.

Vers 3 heures, une forte ligne d'infanterie se dirigea sur les fourrés du bois Bourgeois, qui pousse dans la vallée un angle saillant, descendant à peu de distance de la Lisaine. C'était la brigade Minot qui se préparait à l'attaque, dissimulant insuffisamment sa marche d'approche.

Devant cette menace, le général de Glümer dirigea comme renforts, vers la hauteur au sud-est de Béthoncourt, — cote 366, — la 1re batterie légère badoise (capitaine Bodman) et le 2e bataillon du régiment badois des grenadiers du corps. Une compagnie est détachée dans le village, une deuxième couvre la batterie; les deux autres sont dirigées vers Bussurel, d'où vient le bruit d'une vive fusillade.

A la faveur du couvert, la brigade Minot put déployer un bataillon du 1er régiment de zouaves et le 1er bataillon des mobiles de la Savoie. Ces troupes gagnèrent rapidement un petit bouquet de bois dans la vallée. Mais, vers 4 heures, voulant déboucher en terrain découvert, elles furent accueillies à la fois par une fusillade meurtrière des cinq compagnies allemandes embusquées dans les maisons ou couchées derrière le talus du chemin de fer, et par le feu des grosses pièces de position du capitaine Weisswange.

Nos soldats, dont la silhouette se profilait sur la blancheur éclatante de la neige, offraient un but trop visible à leurs adversaires : ils furent décimés. Laissant la prairie couverte de blessés et de morts, ils durent regagner en désordre les couverts d'où ils étaient sortis.

Une poignée de zouaves — un officier et 60 hommes — se jeta dans le cimetière de Petit-Béthoncourt et, à l'abri des murailles, prolongea héroïquement la résistance. Assaillie par le lieutenant de Berken, à la tête d'hommes de la 7e compagnie de Goldap, elle dut mettre bas les armes.

Les deux bataillons français avaient perdu 15 officiers et près de 450 hommes.

L'offensive de la brigade Minot était brisée avant que les renforts envoyés par le général de Glümer aient intervenu. Les deux compagnies envoyées sur Bussurel, ne trouvant pas à s'employer, revenaient à Béthoncourt. La batterie Bodman gagnait le nord-est du village pour prendre part au combat devant Bussurel.

L'obscurité mettait bientôt fin à la lutte; les deux adversaires restaient en présence. Seuls les pionniers, cassant la glace sans cesse reformée par le froid ou consolidant les défenses accessoires installées devant les positions, troublaient du bruit de leurs travaux le silence de la nuit.

3. — Combat de Bussurel.

Le bataillon de Dantzig (capitaine Kossak) occupait la position de Bussurel. La 1ʳᵉ compagnie tenait le moulin et les deux maisons voisines. La topographie des lieux et la disposition des locaux permettaient à ce détachement de faire face à la sortie nord de Bussurel et d'enfiler par son feu la chaussée et la rue principale du village.

Le 24ᵉ corps avait passé la nuit à Arcey, Désandans, Semondans, Aibre, Chavanne et le Vernoy. Il débouchait de Vyans vers 2 heures du soir. Sa troisième division formait tête de colonne; elle avait quitté la route Arcey - Héricourt à Aibre, se dirigeant par Laire sur Vyans, à travers le bois de Tavey. Elle était suivie de la division d'Ariès.

Retenu par la lettre des ordres qui lui prescrivaient de se laisser devancer par le 15ᵉ corps d'armée, le général Bressolles avait marché lentement. Il éprouvait, d'ailleurs de grandes difficultés pour évoluer au milieu des fourrés, des ravines et des pentes glacées.

La division Busserolle, déployée au débouché des Grands-Bois, avait ouvert immédiatement le feu sur les positions ennemies à une distance de plus d'un kilomètre. Elle occupa ensuite Bussurel évacué par l'ennemi, qui se reportait au talus du chemin de fer.

Ce fut alors un violent combat de mousqueterie auquel les Prussiens, ménageant leurs munitions, ne répondirent que par un tir lent. Trois batteries françaises, en position à Vyans et protégées par le 3ᵉ bataillon du 60ᵉ de marche qui a occupé ce village, prenaient comme

objectif les positions ennemies et le village de Béthoncourt.

Deux bataillons du 60e de marche, bientôt rejoints
par deux bataillons du 61e, essayent de se porter en
avant et d'aborder l'aile gauche de la position prussienne. Les vigoureux feux de vitesse de la 3e compagnie
de Dantzig (lieutenant Frank) eurent bien vite rompu
l'élan des assaillants, qui furent repoussés avec de grandes pertes.

Une seconde attaque, tentée contre le centre ennemi,
eut le même sort. Elle avait été exécutée par le 89e mobiles, soutenu par le 5e bataillon de la Loire; elle fut
reçue par les 2e et 4e compagnies de Dantzig.

Vers 4 heures du soir, un troisième effort, dirigé contre le moulin de Bussurel, échouait également, brisé par
le calme et la précision du feu de la 1re compagnie (lieutenant de Horn).

A ce moment, le capitaine Kossak avait reçu d'importants renforts. Deux batteries et deux bataillons, sous
les ordres du colonel Sachs, lui étaient arrivés de la
réserve générale de Brévilliers. La 4e batterie lourde
(capitaine Froben) et la 4e batterie légère, de concert
avec la batterie Bodman, venue de Béthoncourt, s'ef-
forçèrent d'attirer sur elles le feu de notre artillerie.
La batterie Froben, engagée avec un succès particulier,
essuyait cependant des pertes sérieuses.

Bientôt les pièces allemandes prenaient de front et
de flanc, non seulement les troupes françaises engagées,
mais encore leurs réserves qui débouchaient du bois de
Vyans pour gagner Bussurel. Les deux bataillons —
1er et 2e — du 5e régiment badois restèrent en réserve
sur la hauteur pendant que les deux compagnies venues
de Béthoncourt se plaçaient en deuxième ligne derrière
l'aile gauche du bataillon de Dantzig. Les renforts d'infanterie n'eurent d'ailleurs pas à intervenir.

Le combat aux environs de Bussurel, très meurtrier pour les deux partis, cessa vers 5 heures. Il n'avait donné aucun résultat par suite de manque d'ensemble, de vigueur et de direction dans l'attaque.

La division Busserolle s'établit au bivouac dans les bois de Vyans. A sa droite, elle a, dans le bois dit Montévillars, la division d'Ariès qui n'a tiré que quelques coups de fusil et, à Vyans, la division Comagny.

ARTICLE II

LE COMBAT DEVANT LE CENTRE ALLEMAND

---

1. — Les Allemands évacuent Tavey.

Le 20ᵉ corps avait passé la nuit aux environs de Saul-not et de Champey avec des avant-postes contre Tavey. Le 15 janvier, au matin, il s'avançait sur Héricourt et Chagey.

Il est inutile de rappeler les réticences que l'ordre général de mouvement contenait au sujet de son entrée en ligne et les recommandations qui lui étaient faites pour que son intervention soit subordonnée à celle de l'aile gauche. Il ne semble pas que ni les unes ni les autres fussent nécessaires.

L'objectif assigné aux troupes du général Clinchant était précisément le point le plus formidable de la position allemande. Werder y avait accumulé ses plus puissants moyens de défense; il avait concentré aux environs d'Héricourt plus de la moitié des forces dont il disposait. Le général Bourbaki l'ignorait absolument; mais le 20ᵉ corps d'armée, par une reconnaissance offensive préliminaire, aurait pu, aurait dû même, s'assurer des conditions dans lesquelles il pouvait exécuter l'ordre du général en chef.

Dès l'aube, les avant-postes du 25ᵉ régiment d'infan

terie rhénane signalaient des préparatifs sérieux dans tous les cantonnements français. Vers 8 heures, des patrouilles de hussards, envoyées du côté de Champey et du Vernoy, signalaient la marche du 20e corps.

Celui-ci avait déployé trois brigades qui cheminaient péniblement à travers bois. A droite, la brigade Seigneurens s'avançait sur Tavey, occupant les deux côtés de la route. Elle était suivie par la brigade Vivenot, restée en colonne. Au centre, la brigade Logerot marchait sur Byans. A gauche, la brigade Brisac longeant les Bois Communaux, débouchait en face de Saint-Valbert. La division Ségard restait en réserve. L'artillerie n'entrait en ligne que batterie par batterie.

A 8 h. 30, une première batterie sortait du bois d'Aibre et canonnait le village de Tavey. La trop grande distance rendait son tir absolument inefficace et le colonel de Loos ne ripostait que par quelques coups de canon, au moment où les colonnes d'infanterie débouchèrent au nord-ouest de Tavey.

Pressé par nos tirailleurs, exposé au feu d'une artillerie qui, portée en avant, s'était établie entre Laire et Trémoins, le colonel de Loos replia ses forces sur Héricourt.

Il dirigea son infanterie sur la rive gauche; elle s'établit en réserve au débouché est de la ville sur la route de Belfort. La 1re batterie lourde alla se poster au cimetière, derrière un épaulement préparé à l'avance, sous la protection du bataillon de Thorn. La 3e batterie légère gagna les abords septentrionaux du bois du Mougnot et y installa quatre pièces, front contre Byans; les deux autres pièces étaient postées plus au sud, face à Tavey. L'escadron de uhlans regagnait, à Brévilliers, la réserve générale.

Un signal allumé au Mougnot avisa la batterie de position du mont Vaudois que Tavey était évacué et

qu'elle eût à prendre la route et le plateau sous son feu
Il était plus de 10 heures.

2. — Le combat devant le Mougnot.

Le 20ᵉ corps occupait Byans et Tavey. Il avait été
rejoint par la majeure partie de son artillerie que les
pièces de la réserve générale allaient encore appuyer
Il était donc, semble-t-il, en excellente posture pour
entamer une vigoureuse offensive et engager la lutte
avec le gros des forces du général de Werder. Mais l'ordre général ne lui prescrivait-il pas d'attendre, pour
s'emparer d'Héricourt, que l'action du 18ᵉ corps et de
la division Cremer se soit fait sentir? Or, rien n'apparaissait encore du côté de Chagey.

La liaison existait si peu avec la gauche de la ligne
de bataille que le général Clinchant prit des dispositions défensives pour se couvrir du côté du nord. Mais
il ne se résolut pas à passer à l'offensive : le rôle de son
corps d'armée se réduisit à quelques tentatives à peine
esquissées.

La première attaque française s'était dessinée vers
11 heures. Une longue ligne d'infanterie était sortie des
Bois Communaux; elle s'appuyait au village de Byans
Huit pièces d'artillerie, en position au nord du village
en arrière du cimetière, se disposaient à soutenir nos
soldats.

La batterie allemande du Mougnot et les deux autres
installées au pied du mont Vaudois répondirent vigoureusement au feu français et l'éteignirent rapidement
L'attaque d'infanterie faiblit aussitôt. L'apparition de
trois nouvelles batteries françaises ne peut la ranimer
Très nourrie, la canonnade dura jusque vers 1 heure du
soir, mais sans grands résultats.

Deux compagnies de Graudenz, en position d'attente au pont d'Héricourt, renforcent au Mougnot le bataillon d'Ortelsburg. Au feu d'artillerie succède alors une fusillade très violente qui dura jusque vers 2 heures. Elle fut remplacée par l'entrée en action de nouvelles batteries d'artillerie françaises. Deux autres attaques d'infanterie furent données successivement à 3 heures et à 4 heures. Aucune ne fut poussée à fond.

Vers 3 heures, la 3e batterie légère de la 4e division de réserve était portée du Mougnot sur le Salamou. Le soleil était déjà fort bas sur l'horizon et gênait beaucoup l'artillerie allemande dans le réglage de son tir. Aussi se contentait-elle de riposter faiblement au tir bruyant, mais inefficace, des batteries françaises.

La canonnade se prolongea jusqu'à une heure fort avancée de la journée entre l'artillerie du 20e corps, appuyée par dix-huit pièces de la réserve générale, et les batteries allemandes. L'obscurité vint arrêter ces manifestations sans conséquences.

Les deux adversaires demeurèrent face à face sans chercher davantage à s'inquiéter. Les troupes allemandes cantonnèrent en quartiers d'alarme dans Héricourt et les environs immédiats. Les troupes du Mougnot restèrent en position; à tour de rôle, deux compagnies étaient dirigées sur la ville pour y prendre un peu de repos, tout en préparant la nourriture qui, absorbée chaude, était particulièrement réconfortante.

ARTICLE III

LE COMBAT DEVANT LA DROITE ALLEMANDE

---

1. — Liaison entre Cremer et Billot.

L'ordre de mouvement pour la journée du 15 janvier avait été adressé au 18e corps à Béverne. Il parvenait au général Billot à Faymont, vers minuit. Le général Cremer, en réalité sous les ordres du commandant du 18e corps d'armée, ne le recevait à Lure que vers 3 heures du matin. Or, l'ordre portait que ses troupes devaient être rendues sur la Lisaine à 6 heures. Elles avaient à parcourir plus de 20 kilomètres sur des chemins couverts de verglas. C'était donc de toute impossibilité.

D'ailleurs, Cremer eût-il été plus tôt en possession des ordres qu'il n'en aurait pas fait davantage. Le 14, après de grandes fatigues, sa division avait atteint Lure à la tombée de la nuit; elle était hors d'état de se remettre immédiatement en route.

Le général Cremer accusait réception de l'ordre du général Billot par un télégramme envoyé à 3 h. 30 du matin : « Mon général, il m'est impossible d'arriver sur la Lisaine avant 8 ou 9 heures. Je ne compte même pas être avant cette heure à Béverne, où je voudrais bien vous voir. Je suis arrivé à Lure à la nuit seulement mes troupes et surtout mes chevaux d'artillerie très fatigués. Mais n'importe, on ira quand même. »

Le général Billot ne pouvait que transmettre la dépêche de Crémer.

« Faymont, 15 janvier au matin.

« Je n'ai reçu qu'à minuit l'ordre de mouvement qui m'était destiné et celui qui était destiné au général Cremer. Pour ce qui me concerne, je suis prêt à entrer en ligne et mes ordres sont donnés à cet effet; mais le général Cremer se trouvant en retard sur vos prévisions d'au moins deux heures, ainsi que le constate sa lettre, dont je vous envoie ci-joint copie, mon mouvement sera forcément retardé. Les troupes ont été fatiguées par la journée d'hier et les convois rejoignent mal par l'état des routes. Nous ferons pour le mieux. »

2. — Marche du 18ᵉ corps.

Le général Billot avait passé la nuit du 14 au 15 janvier à Faymont. La division Feillet Pilatrie était à Courmont (1) et à Faymont, la division Bonnet à Lomont et sur les hauteurs qui dominent Béverne, la division Penhoat à Moffans et dans le bois de Rompeux, servant de réserve au général Bonnet. La division de cavalerie était en arrière et les parcs d'artillerie et du génie s'étaient formés à Athésans.

Le 18ᵉ corps se mit en marche à 7 heures du matin. Ses 1ʳᵉ et 3ᵉ divisions, qui tenaient la tête, purent exécuter leur mouvement sans encombre. Mais quand, à

_____

(1) Le 1ᵉʳ bataillon du 42ᵉ de marche n'avait atteint Courmont qu'à 2 heures du matin. Il en repartait à 7 heures.

7 h. 45, la tête de la 2° division arriva à Lyoffans, elle se trouva arrêtée par la division Cremer, engagée elle-même sur la route de Lure à Chagey par Béverne, route qu'elle quitta bientôt pour se porter sur Etobon.

La division Penhoat allait reprendre sa marche vers 11 h. 30, quand elle fut à nouveau gênée par de longues colonnes d'artillerie. C'étaient ses propres batteries (1) et celles de la réserve qui, sur l'ordre du général Billot, doublaient l'infanterie pour venir répondre aux pièces allemandes de Luze et du mont Vaudois, dont le tir gênait la marche des têtes de colonne du 18° corps, arrivées en ce moment au débouché des bois de la Vacherie et de Nan, devant Luze et Chagey.

La marche était particulièrement pénible. Les voitures et les chevaux suivaient la route couverte de verglas. Les fantassins faisaient leur sentier dans la neige et, le plus souvent, marchaient un à un.

Ces retards, sur l'importance desquels on a discuté à perte de vue, expliquent l'entrée en action tardive des troupes de l'aile gauche française; ils n'eurent, d'ailleurs, aucune conséquence fâcheuse au point de vue de l'ensemble de la bataille. Les ordres généraux signifiaient, en effet, au général Billot d'attendre pour attaquer que le signal soit donné par le canon du 15° corps. Or celui-ci ne se fit guère entendre, à l'extrême aile droite, qu'à 10 heures du matin.

Fût-il venu plus tôt sur le terrain, le 18° corps y eût trouvé les mêmes obstacles, puisqu'ils provenaient de la saison, de la configuration du sol et surtout des erreurs d'appréciation dans les ordres de l'état-major. Qu'on ne croie pas que, prévenus, les Allemands purent faire face au danger. De 8 heures du matin à midi, le général de Werder ne déplaça sur sa ligne de défense ni un homme

(1) Elles ne furent d'ailleurs pas engagées.

ni un canon. Et cependant les renseignements du colonel Willisen avaient dû lui faire connaître le danger qui menaçait son aile droite.

3. — Déploiement du 18ᵉ corps.

Le 18ᵉ corps ne commença son déploiement que vers midi. Il avait la division Pilatrie au sud de la route Béverne - Héricourt. La division Bonnet marchait au nord de cette même route, à laquelle s'appuyaient les brigades Robert et Brémens au centre du déploiement. Les deux autres brigades étaient condamnées à traverser les bois, la brigade Leclaire à l'aile droite, la brigade Goury à l'aile gauche du corps d'armée.

La division Penhoat occupait la forêt; la brigade Perrin, en deuxième ligne derrière l'aile gauche du corps d'armée, avait pour mission de couvrir le flanc gauche du déploiement; la brigade Perreaux était en troisième ligne derrière Béverne.

L'artillerie divisionnaire marchait avec les unités auxquelles elle appartenait. L'artillerie de réserve, forte de sept batteries, devait, dans la colonne de marche, suivre la division Bonnet.

La cavalerie formait l'arrière-garde avec l'ordre d'éclairer les derrières et le flanc gauche.

Enfin, à partir du moment où la division Cremer serait entrée en ligne, les troupes de l'amiral Penhoat devaient se porter en avant et renforcer la ligne de combat par quatre bataillons.

4. — Division Feillet Pilatrie.

Vers 2 heures du soir, la 1ʳᵉ division du 18ᵉ corps débouchait devant Couthenans. La brigade Leclaire, par-

tie de Courmont, après une marche particulièrement pénible à travers les hauteurs boisées et couvertes d'amoncellements de neige qui dominent Champey et où les
chemins ne livraient passage qu'à un homme de front,
occupait immédiatement Couthenans par un bataillon
du 42e de marche. Le reste de la brigade demeurait à
la lisière des bois.

Une première batterie s'était mise en position sur
la hauteur nord-ouest de Couthenans. Contrebattue par
l'artillerie du mont Vaudois, elle n'eut bientôt plus que
deux pièces en état de continuer le feu.

Une deuxième batterie traversait Couthenans et prenait position au sud-est; elle eut le même sort, après
avoir changé trois fois d'emplacement.

Quatre batteries, établies sur les hauteurs à l'ouest de
Luze furent aussi sérieusement abîmées. Après une
lutte courte mais vigoureuse, elles durent se retirer
très maltraitées, et s'abstenir de toute intervention jusqu'à ce qu'elles eussent été rejointes, vers 3 heures, par
la réserve d'artillerie. Le 2e bataillon du 42e de marche
servait de soutien et se portait au nord de Couthenans.

La brigade Robert, partie de Faymont, avait suivi
le chemin de Lure à Héricourt. Quand sa tête de colonne, arrivée à l'embranchement du chemin de Chagey,
débouche à découvert, elle est accueillie par un feu
violent d'artillerie qui l'obligeait à se jeter sous bois.
Les 1er et 2e bataillons du 44e de marche gagnèrent
Couthenans pendant que le 3e restait en soutien sur la
lisière du bois de la Bouloye.

« L'ennemi, certain de la présence de nombreuses troupes, couvre le bois de projectiles; on entend le bruit
des obus qui frappent les arbres et éclatent, le craque-
ment des branches qu'ils brisent en passant et le siffle-

ment des éclats qui viennent tomber près de nous. »
(Rapport du colonel de Rancourt.)

Le 73ᵉ mobiles tente une démonstration vers Chagey;
son chef le lieutenant-colonel de Rancourt de Minérand, est blessé de deux éclats d'obus. Un certain nombre d'hommes furent atteints (1); il en résulta un désordre causé beaucoup plus par l'effet moral de la surprise que par les pertes matérielles.

Ce fut la fin de l'offensive de la division Feillet Pilatrie, qui bivouaqua dans Couthenans et aux abords de
ce village (2).

5. — Division Bonnet.

Pendant ce temps, la division Bonnet continuait une
marche très pénible à travers les bois de la Thure et de
Nan. La brigade Goury s'était avancée sur Chagey en
trois colonnes. Deux suivaient les sentiers des bois, tandis que la troisième utilisait le vallon de la Goutte-
Saint-Saut. Peu après 2 heures, les colonnes de gauche
abordaient résolument le village. Débouchant hardiment des pentes boisées et extraordinairement difficiles
qui descendent presque à pic jusqu'aux premières maisons du village, les 2ᵉ et 3ᵉ bataillons du 4ᵉ zouaves (3)

---

(1) Lieutenant Fraville et 4 hommes tués; 3 officiers et une
trentaine d'hommes blessés.

(2) Cette brigade avait aux avant-postes : entre Chagey et
Couthenans, deux bataillons du 42ᵉ et le 9ᵉ chasseurs; le long
de la Lisaine, jusqu'à la filature Chevrot, deux bataillons (1ᵉʳ et
3ᵉ) du 44ᵉ régiment. Un bataillon du 42ᵉ et le 2ᵉ bataillon du 44ᵉ
étaient à Couthenans, le 19ᵉ mobiles dans le bois de Chagey et le
73ᵉ à l'ouest de Couthenans.

(3) Le 2ᵉ bataillon était ainsi disposé : 2ᵉ et 3ᵉ compagnies à
gauche de la route; 4ᵉ compagnie à droite de la route; 1 sergent
et 4 hommes sur la route; une compagnie en flanqueurs à gauche. Le 3ᵉ bataillon était en soutien.

refoulaient les postes avancés du 2ᵉ bataillon du 3ᵉ régiment badois (major Lang). Le 3ᵉ bataillon du 81ᵉ mobiles les rejoignait bientôt et, vers 3 heures, zouaves et
mobiles pénétraient dans Chagey, où s'engageait une
lutte violente.

Le danger était grand pour la position allemande
Aussi le colonel Wahlert, qui, de Luze, avait suivi le
mouvement offensif français, prescrivait-il à l'artillerie
— trois batteries — établie au pied du mont Vaudois,
au sud-est de Luze, d'exécuter un changement de front
face à droite de façon à prendre plus directement sous
son feu les assaillants de Chagey et les batteries françaises qui, de leur position à l'ouest de Couthenans,
avaient appuyé l'attaque de la division Bonnet.

L'infanterie prussienne s'était renforcée également
Le 1ᵉʳ bataillon du 6ᵉ régiment badois (capitaine Wein-
zierl) aidait le 3ᵉ badois à reprendre l'offensive. Après
un sérieux engagement, les troupes du général Gour
étaient rejetées dans les bois. Le major Lang, blessé
restait néanmoins à la tête de son bataillon.

Le général Bonnet ne se tient pas pour battu. L'ordre
général attribue à la possession de Chagey une telle importance qu'il n'hésite pas à lancer toute sa division
contre ce village : le mouvement est exécuté vers 4 h. 30

Trois batteries d'artillerie prennent position sur les
hauteurs au nord de Couthenans, face au Vaudois. Le
1ᵉʳ bataillon du 53ᵉ s'établit en soutien. Le 2ᵉ bataillon
utilise le bois pour se porter sur le village. Le 3ᵉ bataillon et le 82ᵉ mobiles restent à couvert.

Une première attaque est exécutée, par le 1ᵉʳ et le
2ᵉ bataillon du 53ᵉ, sur la lisière sud de Chagey. Elle se
heurte à une position formidable occupée par de nouveaux renforts. Le bataillon de fusiliers et la 7ᵉ compagnie du 6ᵉ régiment badois étaient accourus de la

réserve avec la 2ᵉ batterie légère badoise et deux pièces de la 5ᵉ batterie lourde badoise. Le 2ᵉ bataillon du 25ᵉ régiment accourait d'Héricourt; le 30ᵉ régiment tenait des renforts tout préparés.

L'artillerie allemande balaie les crêtes, « prenant en flanc les colonnes d'attaque, les empêchant de gagner du terrain et arrêtant leur effort. » (Général Bonnet.) Vers 5 heures, le reste de la brigade Brémens entrait en ligne et les tirailleurs du 53ᵉ de marche et du 82ᵉ mobiles réussissaient à atteindre les abords de Chagey. Ils ne pouvaient pénétrer dans le village.

Sur les entrefaites, notre artillerie, ayant épuisé ses munitions, se retirait. Après un combat de près de trois heures, il fallait renoncer définitivement à débusquer l'adversaire. « L'infanterie française avait le sentiment qu'alors même qu'elle se fût emparée de Chagey, il lui eût été impossible de s'y maintenir sous le feu écrasant des batteries allemandes qui dominaient et commandaient entièrement les bas-fonds. » (Rapport du lieutenant-colonel de Boisfleury, du 4ᵉ zouaves de marche.)

La division Bonnet va s'installer au bivouac dans les bois. La brigade Goury, couverte par une forte ligne d'avant-postes, — 2ᵉ et 3ᵉ bataillons du 4ᵉ zouaves, — reste au contact avec l'ennemi. La brigade Brémens s'installe dans les bois de Nan et de la Vacherie.

6. — Division du Penhoat.

Dès le début de l'action, la 2ᵉ division (vice-amiral du Penhoat) avait appuyé vers la gauche. Sa 1ʳᵉ brigade s'établissait dans le bois de Nan; sa 2ᵉ brigade, sur la route d'Héricourt. Elle ne pensa pas un seul instant à marcher au canon, ainsi que le lui prescrivaient les instructions du général Billot.

La cavalerie du corps d'armée était restée à Lyoffans avec le régiment d'infanterie légère d'Afrique et deux batteries.

7. — Marche de la division Cremer.

La division Cremer n'avait pu quitter Lure que vers 6 heures du matin. Elle atteignait Béverne au moment où la queue de la 3ᵉ division du 18ᵉ corps y était encore (1). C'était un retard qui pesait lourdement à l'impatience de son chef. Aussi s'entendit-il avec le général Bonnet pour intercaler dans les colonnes de celui-ci sa première brigade, qui put ainsi gagner, sans trop grande perte de temps, la route d'Etobon. Sa mission était de couvrir le flanc gauche de l'armée de l'Est.

Dans la matinée du 15 janvier, le général de Degenfeld avait détaché à Etobon six compagnies du 3ᵉ régiment badois et un escadron. A 9 heures, les patrouilles qui surveillaient la route de Béverne signalaient l'approche de l'ennemi. Le lieutenant-colonel Krauss retirait aussitôt ses troupes des positions qu'elles occupaient et les repliait sur Chenebier, où était ainsi concentré le contingent de Degenfeld.

Le bataillon de fusiliers du 3ᵉ régiment badois occupait Courchamp et le 1ᵉʳ bataillon, Chenebier proprement dit. La 2ᵉ batterie lourde badoise prenait position sur une croupe en arrière du Bas des Esserts.

Vers 11 h. 30, l'avant-garde de la brigade Millot entrait dans Etobon et portait sur les pentes est du mamelon de l'ancien château deux batteries qui ouvraient

---

(1) « Lignards, mobiles, turcos, chasseurs à pied, lanciers, cuirassiers, c'était un pêle-mêle de toutes les armes. » (*Souvenirs du volontaire Daupin, du 57ᵉ de marche.*)

immédiatement sur Chenebier un feu vif, mais peu dangereux pour l'ennemi qui en occupait les lisières sud et ouest.

Quelques fractions d'infanterie essayent de déboucher d'Etobon. Leur offensive est arrêtée par la mousqueterie des défenseurs et la mitraille de la 2ᵉ batterie lourde.

8. — Mouvement sur le bois de la Thure.

La 2ᵉ brigade, qui avait rejoint, relevait la première dans Etobon. Le général Cremer dirigeait celle-ci vers le bois de la Thure, en lui prescrivant de dérober le mieux possible sa marche de flanc, exécutée à moins d'un kilomètre de la position ennemie.

Son intention était évidemment de se rapprocher de la Lisaine, qu'il avait ordre de franchir en amont de Chagey. Peu après, il appelait également à lui la 2ᵉ brigade en lui donnant l'ordre de laisser à Etobon une batterie Armstrong sous la protection d'un bataillon du 83ᵉ mobiles (1).

« En entamant un pareil mouvement, Cremer suivait à la vérité la lettre de ses instructions écrites : ils n'essayait assurément pas d'en pratiquer l'esprit. Il savait que son rôle était de déborder l'ennemi; par suite, la présence de forces allemandes à Chenebier devait immédiatement lui montrer l'erreur commise par le général en chef et lui indiquer l'inopportunité du mouvement prescrit sur Chagey. Dans ces conditions, le mieux était évidemment de faire prévenir le plus tôt possible le commandement de la situation et, sinon de prendre sur soi l'initiative d'une offensive vigoureuse, du moins

---

(1) Ordre de marche : une compagnie du génie, une batterie de montagne, 32ᵉ de marche, une batterie de 4, 57ᵉ de marche, 2ᵉ brigade, deux batteries.

de contenir l'adversaire et de le fixer en attendant de
nouveaux ordres. Le général Cremer ne crut pas devoir
endosser une semblable responsabilité et préféra se remettre purement et simplement sur la direction qui lui
était assignée, manifestement à faux. Mal lui en prit
et les conséquences de sa décision furent exceptionnel-
lement fâcheuses (1). » (Lieutenant-colonel Rousset.)

Une canonnade assez vive fut échangée entre la batterie allemande établie au nord de Chenebier et les pièces
françaises échelonnées sur le parcours pour couvrir le
flanc gauche de la division Cremer. La marche à travers
les bois, gênée par les amoncellements de neige, fut
extrêmement pénible. Sur le chemin étroit et coupé de
fondrières, l'infanterie ne pouvait marcher que par deux.
On traversait des marais heureusement gelés où la glace
cependant cédait parfois. En maints endroits, les sa-
peurs du génie durent frayer un chemin aux chevaux
exténués et aux voitures de l'artillerie.

Jusqu'à la nuit, la batterie Armstrong et le bataillon
du 83e mobiles restèrent en position à Etobon. Cette
arrière-garde quitta son emplacement vers 10 heures du
soir pour rejoindre sa division, abritée sous les arbres
du bois de la Thure. Au milieu de sa marche, l'artillerie

---

(1) « Tout acte d'initiative est fatalement soumis à l'erreur
puisque l'initiative consiste à agir, non en parfaite connaissance
de cause, mais avec certaines données sur la question à résoudre
et la certitude que ces données seront toujours incomplètes au
moment d'agir. Cette situation est celle de tout homme appelé
à prendre une résolution sur le champ de bataille : elle est inex-
rable et il faut s'y soumettre. Mais l'obligation non moins inex-
rable d'agir quand même sous peine de déshonneur et au risque
de nous tromper, écarte les hésitations, dissipe toutes les angoisses. Tout acte d'initiative, quel qu'il soit, doit être encouragé :
c'est la règle inviolable et il faut bien établir et rabâcher sans
cesse que sur le champ de bataille, il n'y a qu'une faute réelle
qu'un crime irrémissible, l'indifférence ou l'inaction. » (Educa-
tion et instruction des troupes; IIe partie, La Méthode, par Lo-
kiane Carlowitch.)

allait donner avec son soutien dans les avant-postes badois.

Il en résultait un bruyant échange de coups de fusil. La batterie française se dégageait par une volée de mitraille. Il n'en fallut pas davantage pour alarmer les Badois dans leurs quartiers de Chenebier et les Français dans leurs bivouacs sous bois.

Le général Cremer crut à une menace sérieuse sur son flanc gauche. D'autant plus inquiet qu'il était moins renseigné, il crut devoir prescrire d'éteindre tous les feux de bivouac. Mesure radicale, mais évidemment excessive et en tout cas trop tardive pour donner le change à l'ennemi.

Privées, pendant toute la nuit, de l'unique protection qu'elles eussent contre les rigueurs d'une température glaciale, les malheureuses troupes souffrirent cruellement.

9. — Attaque de nuit sur Courchamp.

Pendant la nuit, le général Cremer lança sur Courchamp, trois bataillons qui essayèrent, à la faveur de l'obscurité, de surprendre les avant-postes allemands. Ils échouèrent, arrêtés par les feux de la grand'garde du lieutenant Kredell, formée sur quatre rangs.

Cet incident met en pleine lumière que les attaques de nuit sont toujours désastreuses avec de jeunes troupes, naturellement très impressionnables, très sujettes aux paniques.

Ce genre de combat est particulièrement dangereux dans les pays de montagnes, où l'ennemi a tant de facilités pour tomber sur les flancs de l'assaillant, où il est très difficile de se déployer et où l'on s'expose, si l'on est repoussé, à se trouver pêle-mêle, entassé dans des vallées étroites.

ARTICLE IV

BOURBAKI ET LA RÉSERVE GÉNÉRALE

Vers le milieu de la journée, Bourbaki avait craint un moment que sa ligne ne fût rompue. Séparé du 20ᵉ corps par le massif montagneux du bois de la Bouloye, couvert de neige, impraticable en hiver même aux piétons, le général Billot n'avait pu établir de communication avec le général Clinchant. Celui-ci ignora, jusqu'à une heure très avancée de l'après-midi, que le 18ᵉ corps fût aux prises avec l'ennemi.

Évidemment, il y a là un fait qui, au premier abord, peut sembler extraordinaire. Toutefois, si l'on tient compte des circonstances atmosphériques, de la présence de bois épais et de l'existence de ravins profonds qui coupent de l'ouest à l'est les derniers contreforts orientaux des bois de Saulnot, peut-être s'expliquera-t-on que l'on n'ait eu à Byans aucune perception du combat engagé devant Chagey par le 18ᵉ corps.

Mais ces raisons très spéciales ne peuvent justifier l'absence de liaison entre les fractions de la ligne de bataille. Cette liaison qu'il importait tant d'obtenir, aurait dû être établie coûte que coûte, soit au moyen d'officiers d'état-major, soit au moyen de cavaliers, soit à l'aide de patrouilles.

Bourbaki était particulièrement inquiet sur le sort de son aile gauche. Loin de s'attacher à se relier à elle, il renonce à suivre son mouvement et stationne derrière le 20ᵉ corps, à proximité de la réserve générale de l'armée, qui, massée entre Aibre et Trémoins, au centre de la ligne de bataille, « était prête à se porter en avant partout où sa présence serait jugée nécessaire ».

Vers midi, puis à 2 h. 30, Bourbaki envoie deux officiers d'ordonnance aux informations. Sans même attendre leur retour, il ordonne à la réserve de se transporter dans le vallon de Coisevaux entre les Bois Communaux et le bois de la Bouloye. Sa mission était de boucher le trou qui s'était produit entre le 20ᵉ et le 18ᵉ corps.

Vers 3 heures, le général Pallu de la Barrière avait porté son artillerie au nord de Coisevaux — croupe 396 — pour contrebattre les batteries du mont Vaudois. L'infanterie de marine s'était portée sur les hauteurs des Bois Communaux et le 38ᵉ de ligne dans Coisevaux. Le 29ᵉ de marche, à proximité des pièces, leur servait de soutien.

Peu de temps après, le commandant de la réserve générale établissait sa liaison avec le général Billot et lui offrait, pour l'attaque, le concours de ses troupes. La nuit survint avant qu'il eût obtenu une réponse.

ARTICLE V

SITUATION DES BELLIGÉRANTS, LE 15 JANVIER AU SOIR

SOMMAIRE : 1. Observations sur les mouvements exécutés par l'armée de l'Est. — 2. Ordres donnés par le général Bourbaki. — 3. Ordres donnés par le général de Werder.

———

1. — Observations sur les mouvements exécutés par l'armée de l'Est.

Le résultat obtenu par l'armée de l'Est était pour ainsi dire négatif. Partout nos bataillons s'étaient heurtés à des obstacles sérieux, solidement organisés, intelligemment occupés et dont le flanquement par l'artillerie avait été l'objet de soins particuliers. Les *attaques décousues* de notre infanterie, manquant à la fois d'entente et de simultanéité, s'étaient produites dans des conditions très fâcheuses d'isolement. *Insuffisamment préparées et protégées* par nos batteries, auxquelles le terrain ne fournissait pas de positions favorables, elles avaient échoué devant une résistance que favorisait puissamment la judicieuse utilisation des réserves.

L'ennemi n'était en somme pas plus entamé que débordé. Cela s'explique moins par les retards subis en cours de route par l'aile gauche de l'armée de l'Est que par la *grave erreur commise dans la désignation des objectifs*. Les directions indiquées par l'ordre général ne conduisaient nullement le 18e corps et la division Cremer sur une aile de l'ennemi : elles leur faisaient heurter directement son centre. Au lieu d'un mouvement débordant, raisonné et logique, on obtenait une attaque de front sur une partie des positions du XIV⁰ corps, réunissant les plus redoutables conditions défensives.

L'erreur du général Bourbaki sur la véritable étendue des lignes allemandes entraînait donc l'échec de sa combinaison. « Le mouvement tournant est devenu un mouvement tourné », écrivait Cremer au général Billot, en lui demandant de diriger une de ses divisions vers lui pour couvrir la gauche de l'armée de l'Est. Le commandant du 18ᵉ corps, qui, sur 30.000 hommes et 84 bouches à feu n'avait pu en déployer que 10.000 avec 36 pièces, s'empressait d'ordonner à la division du Penhoat de rompre le lendemain matin sur Etobon. Il n'y eut pas au surplus d'autres modifications apportées à l'ordre de bataille français, malgré la constatation que l'ennemi était à Chenebier. Il y a lieu de s'en étonner.

Véritables reconnaissances des positions allemandes, les combats du 15 janvier permettaient en effet de raisonner sérieusement sur la situation générale. On était maintenant fixé sur l'étendue de la ligne occupée par le général de Werder et sur la façon dont elle était occupée et défendue. On savait l'ennemi fortement retranché sur tout le front Montbéliard - Chagey et capable de balayer, avec son artillerie, toutes les voies d'accès aboutissant au fossé de la Lisaine. Il semble dès lors qu'il était logique de masser sur notre aile gauche des forces importantes. La réserve générale était toute désignée pour rejoindre le 18ᵉ corps et la division Cremer.

On eût reconstitué une réserve avec des régiments de l'aile droite qui n'opérait que démonstrativement et qui, par conséquent, n'avait que faire de ses gros effectifs. On aurait concentré ainsi devant Chenebier, dès les premières heures du 16 janvier, plus de 35.000 hommes que le général en chef eût pu directement inspirer. C'était plus qu'il n'en fallait pour gagner, par Frahier, la route de Belfort après avoir écrasé, avant l'arrivée de tout renfort, les trois bataillons et les trois batteries du général de Degenfeld.

Le grand art dans la conduite des batailles, nous apprend Napoléon, consiste d'une part à gagner le point faible de l'adversaire, un de ses flancs ou ses derrières, et d'autre part, non seulement à se ménager une réserve, mais encore à s'en servir au moment opportun.

2. — Ordres donnés par le général Bourbaki.

Toujours aussi imparfaitement renseigné que médiocrement conseillé, le général Bourbaki jugea ses dispositions suffisantes. « Demain, nous recommencerons au point du jour, télégraphiait-il à Bordeaux, et quoique nous ayons devant nous plus de forces qu'on ne s'y attendait, en hommes et surtout en puissante artillerie, j'espère demain pouvoir occuper Héricourt, Brévilliers, enfin la route d'Héricourt à Belfort. »

La victoire, en effet, eût été bien nécessaire pour ragaillardir nos troupes très déprimées. La plupart étaient dans un état physique lamentable. Le froid était terrible; la congélation frappait nombre de malheureux soldats qui, sans autre nourriture qu'un peu de biscuit gelé, bivouaquaient dans la neige, réchauffant leurs membres engourdis à des foyers qu'ils soufflaient en gonflant leurs joues comme des outres, la face congestionnée, les yeux rouges et pleins de larmes. « Autour des feux se confondaient, sans distinction de rang, généraux, officiers et soldats, et jusqu'à des chevaux, également désireux tous de ne pas mourir de froid. » (Correspondant anglais de l'*Evening Standard*, attaché à l'état-major du général Cremer.)

Vastes nuits mauvaises que celles passées au bivouac, pendant lesquelles pesait sur les âmes des malheureux soldats quelque chose d'effroyable, sans nom encore. Ce sont des bruits que l'on ne reconnaît pas, l'ébrouement d'un cheval, le choc d'un sabre, toutes les ordinaires rumeurs d'un camp, qui prennent des retentissements de menace. Bruits errants, souffles de défaite, peut-être.

Et cependant l'armée de l'Est avait encore bon espoir. « Nos pauvres soldats, assis les uns contre les autres... dissimulaient quelques feux soigneusement enterrés. Ils passèrent presque joyeusement cette première nuit, persuadés qu'ils étaient que le lendemain ils coucheraient à Belfort. Aucun d'eux ne songeait à reculer. C'est que les souffrances étaient si horribles, par ces nuits sibériennes, que tous ces hommes touchaient en quelque sorte à l'illuminisme. Qu'importe le feu de l'ennemi quand une dernière trombe de neige peut vous engloutir, quand on entend les officiers supputer le matin le nombre des hommes gelés pendant la nuit ? » (C. Farny, commandant de mobiles.)

3. — Ordres donnés par le général de Werder.

Le 15 janvier, à 9 h. 30 du soir, le général de Werder donnait ses ordres pour la journée du lendemain. « Demain, 16 janvier, conformément aux ordres que j'ai reçus, nous continuerons à défendre nos lignes avec toute notre énergie. »

L'ordre de bataille ne subit que quelques modifications sans réelle importance. Toutes les troupes, y compris celles du général de Degenfeld, conservaient leurs positions. Les diverses fractions réunies dans Chagey et aux alentours passaient sous les ordres du général von der Goltz. Toutefois, le 2ᵉ bataillon du 25ᵉ régiment, venu d'Héricourt, passait à la réserve générale, à laquelle le général Schmeling cédait également une batterie. Le général de Glümer était invité, si cela était possible, à occuper, de Grand Charmont, le versant est de la vallée en arrière de Bussurel et à diriger le détachement du colonel Sachs sur Brévilliers.

Dans la nuit, le corps de siège de Belfort mettait à la disposition du général de Werder un bataillon et quatre pièces.

Le général de Werder se préoccupa surtout d'éviter à ses soldats l'influence déprimante de la température; il les fit abriter dans les localités, s'assura qu'une alimentation chaude et abondante leur était distribuée. On ne laissa en plein air que les avant-postes strictement nécessaires. Leur service fut prolongé en avant par des patrouilles ayant pour mission de tenir constamment l'ennemi en éveil sur un grand ombre de points.

Il ne semble pas que le général de Werder ait pris la moindre mesure pour parer au danger qui menaçait son flanc droit. Seule, la question du ravitaillement en munitions, rendu très difficile par les retards du transit des voies ferrées, lui inspira quelques inquiétudes. Il fut recommandé aux batteries d'être, plus que jamais, avares de leur tir.

Les colonnes de munitions furent portées, pour l'aile droite, à Errevet, pour l'aile gauche, à Vourvenans. L'artillerie de siège dut aider de ses ressources les batteries lourdes de campagne.

Ces dispositions prises, le général de Werder informait le général de Manteuffel des résultats de la journée :

« 15 janvier 1871, 10 h. 58 soir.

« L'ennemi m'a aujourd'hui vivement attaqué, de Chagey à Montbéliard, en apparence avec quatre corps et principalement avec de l'artillerie. L'attaque a été repoussée partout et ma position n'a été forcée en aucun point. Nos pertes sont de 300 à 400 hommes. Le combat a duré depuis 8 h. 30 du matin jusqu'à 5 h. 30... »

CHAPITRE III

JOURNÉE DU 16 JANVIER (1)

Le 16 janvier, au matin, une pénétrante et glaciale humidité ajoutait son action à celle du froid toujours très vif. Un épais brouillard couvrait toute la vallée de la Lisaine. Il ne se dissipa qu'à midi, balayé par un coup de vent du sud-ouest.

A 6 h. 30 du matin, les Allemands reprenaient leurs emplacements de la veille. Les patrouilles leur avaient signalé que les Français étaient demeurés à petite distance, occupant les bois de la rive droite; ils creusaient des abris pour leur artillerie.

A 7 h. 30, la lutte recommençait.

ARTICLE Ier

LE COMBAT DEVANT LA GAUCHE ALLEMANDE

SOMMAIRE : 1. Combat de Montbéliard. — 2. Combat de Béthoncourt. —3. Combat de Bussurel.

---

1. — Combat de Montbéliard.

Dès la première heure, la garnison du château avait, une deuxième fois, été sommée de se rendre. Le lieute-

---

(1) Voir annexe II.

nant Sauer, représentant le major d'Olzewski, refusa. Le drapeau prussien fut arboré sur le château.

Ce fut le signal d'une vive fusillade, partant des maisons avoisinant la citadelle. « Nos petits postes, placés au sommet des maisons les plus élevées, empêchent l'ennemi de se montrer et le criblent de balles. » (*Historique du 6e bataillon de chasseurs.*)

Ce feu gênait sérieusement le service des pièces du lieutenant Sauer, qu'une batterie française essaye également de prendre pour objectif. Elle avait été hissée pendant la nuit sur les hauteurs de l'ancienne citadelle. Contrebattue par les obus des grosses pièces de la terrasse du château et du plateau de Grange Dame, elle n'avait plus, après deux heures de lutte, que deux canons en état de tirer. Encore dut-elle les laisser sur place et ne les retirer qu'à la nuit tombante.

Une grande batterie se déploya bientôt aux environs de la ferme du Mont Chevis; elle comprenait quatre batteries de la division Dastugue, dont une de mitrailleuses, une batterie de la division Rebilliard et quatre batteries de 8 de la réserve. Cette artillerie engagea le duel avec les batteries allemandes. Abritée derrière de solides épaulements, défilée des feux de flanc du château, elle put se maintenir en position toute la journée, sans pertes sérieuses. Cet échange de projectiles, sauf une interruption peu importante vers 3 heures, continua jusqu'à la nuit. Il fut d'ailleurs sans résultat : aucun effort d'infanterie ne fut tenté pour rompre la ligne allemande ou franchir la Lisaine.

2. — Combat de Béthoncourt.

Devant Béthoncourt, le combat était mené plus vigoureusement. Comme on l'a vu, l'artillerie du 15e corps, enterrée pendant la nuit, était en batterie, la droite à la ferme du Mont Chevis, l'aile gauche au bois Bourgeois. Dès que le brouillard fut dissipé, elle dirigea sur Béthoncourt une partie de ses coups, auxquels se mêlèrent ceux d'une batterie du 24e corps, établie à Vyans.

Cette canonnade fut sans grande efficacité; elle ne fit que gêner quelque peu les landwehriens de Goldap et les grenadiers badois, tapis dans leurs tranchées ou nichés dans les maisons.

Bientôt le général de Glümer pouvait remarquer des masses d'infanterie française (1) qui se rassemblaient au bois Bourgeois, dans l'intention manifeste de faire effort sur Béthoncourt. Il envoie de Grand Charmont le 1er bataillon du 2e grenadiers badois, avec dix canons, — 1re batterie légère badoise et quatre pièces de la 1re batterie légère de réserve du IIe corps, venues du corps de siège.

La première, arrivée vers 1 heure, presque immédiatement désemparée par les feux croisés de l'artillerie française, dut se retirer derrière la crête pour reconstituer son personnel et ses attelages. Elle ne reparaissait qu'une heure plus tard, au nord de Béthoncourt. Les quatre pièces du corps de siège s'établirent plus au sud, au saillant du bois situé entre Béthoncourt et Grand-Charmont.

Ce n'est que vers 3 heures qu'une offensive tardive se dessina (2). Plusieurs bataillons des brigades Questel

---

(1) Au centre : 1er et 3e bataillons de tirailleurs algériens; à gauche, 1er zouaves; à droite, 3e bataillon du 18e mobiles.

(2) « Le bataillon de Savoie déployé en tirailleurs devait marcher en tête, appuyé par le demi-bataillon de droite du 3e bataillon du 12e mobiles. Le reste du régiment formant deux colonnes devait, en soutenant l'attaque, contourner le village et aider la colonne du centre à en déloger l'ennemi. » (Historique du 12e mobiles.) Nous trouvons dans le Journal d'un officier du 3e bataillon du 12e mobiles, la formation qui a été employée pour l'attaque : trois compagnies de la Savoie en tirailleurs, suivies des

et Minot débouchent du bois Bourgeois. Deux d'entre eux se déploient en tirailleurs devant Petit-Béthoncourt; un troisième, massé, dirige sur la position allemande une fusillade intense (1). Bien qu'à ce moment notre artillerie, qui avait épuisé ses munitions dans un tir abusif, ait interrompu son feu; bien que les pièces allemandes fissent rage et couvrissent nos lignes de shrapnels, nos soldats, par une « vigoureuse offensive » (*Relation allemande*), poussent jusque dans Petit-Béthoncourt, abandonné par les grenadiers badois.

Mais les compagnies de réserve et le bataillon de Wehlau jettent sur les lignes françaises des salves pressées. Les batteries allemandes font rage. Accablée sous des feux concentriques d'artillerie et d'infanterie, l'attaque faiblit. Les lignes hésitent, flottent, puis font demi-tour et regagnent la lisière des bois. Les morts et les blessés jonchent le sol couvert de neige.

Le bataillon de Savoie fut particulièrement éprouvé. Le commandant Costa de Beauregard, blessé, était fait prisonnier. Les lieutenants Hugard et Dorlu étaient blessés. Les capitaines Nulau et Bezancenot avaient été tués raide. Le 12e mobiles perdait 144 hommes.

Une poignée de soldats du 16e de ligne, parvenus jusqu'à quelques mètres de la Lisaine, se jettent dans un fossé pour s'abriter des projectiles. Les trois officiers, blessés, et les 42 hommes qui sont blottis dans ce trou, ne pouvant regagner leurs camarades sans s'expo-

---

quatre autres en soutien; trois compagnies du 3e bataillon de la Nièvre en deuxième soutien à deux minutes de distance. Les quatre autres et le 1er bataillon en réserve. Il résulterait des historiques du 15e bataillon de chasseurs et du 63e de marche que ces deux corps ont appuyé l'attaque sur Béthoncourt.

(1) « Ce bataillon voulait vraisemblablement compenser l'abstention de l'artillerie... il ne le pouvait pas. Son action eût été certainement plus efficace si elle avait effectivement appuyé celle des autres, surtout si les troupes en arrière n'étaient pas restées dans l'inaction. » (Lieutenant-colonel Rousset.)

ser au feu des défenseurs de Béthoncourt, se constituent prisonniers et passent la Lisaine sur la digue qui relie les deux rives.

Une demi-heure plus tard, une nouvelle tentative lançait trois bataillons contre la lisière nord de Béthoncourt. Elle était repoussée dans de semblables conditions.

Vers 4 heures, la brigade Minot tout entière, appuyée par douze pièces et une batterie de mitrailleuses en position sur les hauteurs du Mont Chevis, se portait vigoureusement en avant. Elle prenait comme objectif le nord de la position de Béthoncourt, renforcée entre temps par la 7ᵉ compagnie badoise.

Écrasées par les obus qui éclataient dans leurs rangs avec une remarquable précision, les troupes françaises ne purent même pas se déployer : l'attaque échouait (1). Il fallut rétrograder à travers ce fatal champ de neige où s'entassaient les morts et les mourants. La nuit tombait. La division Dastugue ne chercha plus à renouveler ses désastreuses tentatives.

Il n'y a plus à signaler, sur cette partie du champ de

---

(1) « Les causes qui déterminèrent l'insuccès de cette affaire sont faciles à apprécier : 1º Notre artillerie qui, au moment de l'attaque devait faire une puissante diversion en notre faveur fut muette et cela faute de munitions ; — 2º Si l'état-major du 15ᵉ corps, qui avait combiné cette attaque, eût été mieux renseigné, il eût su que la rivière de la Lisaine, que nous avions à passer, était infranchissable, vu sa largeur et sa profondeur. Et, en admettant même que cet obstacle eût pu être franchi, nos soldats, fatigués par une longue et rapide course, mouillés par l'eau glaciale de la rivière, seraient venus se briser contre les maisons crénelées du village, d'où les Prussiens, à l'abri du danger, pouvaient tirer sur eux à bout portant.

» L'état-major donnait si peu d'importance à cet obstacle que nous étions prévenus que cette rivière n'était qu'un simple ruisseau ayant de 50 à 60 centimètres de profondeur. » (*Historique du 12ᵉ mobiles.*)

bataille, qu'une salve prolongée qui salua l'installation des avant-postes ennemis (2e régiment de grenadiers badois). Ce bruit alarma toute la ligne. Le désarroi dura un quart d'heure.

Puis tout rentra dans le silence, troublé de-ci de-là par quelque coup de feu d'une sentinelle affolée. L'ennemi avait regagné ses abris et nos soldats, les bivouacs glacés où ils allaient souffrir une nouvelle nuit de mortelles tortures.

3. — Combat de Bussurel.

Dès 8 heures du matin, cinq batteries du 24e corps, en position auprès de Vyans, avaient ouvert le feu malgré le brouillard, tenant en respect l'artillerie allemande des Grands-Bois. Profitant de ce duel d'artillérie, la division d'Ariès se massait sur le plateau au nord de Vyans et dans le bois du Chanois pour appuyer l'attaque sur Béthoncourt. Mais ses mouvements étaient insuffisamment masqués à l'ennemi. Redoutant une offensive sérieuse, le général de Werder dirigeait, de la réserve générale de Brévilliers, sous les ordres du général Keller, les bataillons de fusiliers des 4e et 5e régiments badois. La 5e batterie lourde, gagnant les devants, se formait, vers 10 h. 15, à l'aile droite des batteries déjà engagées.

Dès 11 h. 30, le feu des batteries françaises commençait à baisser; à midi, il cessa. Bientôt après, les colonnes d'infanterie disparurent, sans avoir passé à l'offensive.

Bussurel était toujours occupé par deux compagnies du 60e de marche qui entretenaient une fusillade nourrie avec le bataillon de landwehr de Dantzig. Les fusiliers du 5e régiment occupaient la ligne de chemin de fer à la gauche des landwehriens. De là, entre 3 et

4 heures, ils aidaient de leurs feux les grenadiers et le bataillon de Goldap occupés à la défense de Béthoncourt. Vers la droite, les fusiliers du 4e régiment badois avaient également prolongé la position : ils ne trouvaient plus à s'engager.

Le général Keller regagna la réserve générale avec les renforts qu'il avait amenés, lorsque les canonniers badois eurent mis le feu au village de Bussurel pour nous forcer à l'évacuer.

Les autres troupes du 24e corps s'étaient bornées à conserver leurs emplacements dans les bois du Chanois et de Tavey.

ARTICLE II

LE COMBAT DEVANT LE CENTRE ALLEMAND

---

1. — Combat devant le Mougnot.

Malgré le brouillard épais qui régnait dans la vallée et sur les collines des deux rives, l'artillerie du 20e corps postée sur les hauteurs de Tavey, avait commencé à tirer à 8 h. 30. Plus économes de leurs munitions, les batteries allemandes du Vaudois ne ripostaient que très mollement.

Sans que nous nous en soyons aperçus, la 11e compagnie du 34e régiment et la 1re compagnie du bataillon d'Osterode avaient occupé, pour se donner quelques vues, le mamelon à l'ouest de Saint-Valbert. Aussi fut-ce une surprise désagréable lorsque, vers 9 heures, les mobiles du Jura, voulant se porter de Byans sur la lisière sud des Bois Communaux, furent accueillis par un feu rapide ouvert à l'improviste et suivi d'une attaque vigoureuse à la baïonnette. Les bataillons français, inquiétés de flanc par les feux partant du Mougnot et du cimetière et qui empêchaient les renforts de déboucher de Byans, durent se replier précipitamment, laissant entre les mains de l'ennemi deux fanions, actuellement dans l'église d'Osterode.

Bien tard encore dans la soirée, alors que le temps s'était complètement éclairci, après que le poste occupé en avant de Saint-Valbert eut été évacué, un demi-peloton du 34e régiment se maintint dans les carrières de sable, au sud des Bois Communaux.

Une nouvelle offensive, à 9 h. 30, prenait le Mougnot comme objectif. Le 25e bataillon de chasseurs était chargé de l'attaque. Il devait être soutenu par le 34e régiment de mobiles des Deux-Sèvres et le 2e bataillon de la Savoie.

Les chasseurs furent à peu près seuls à combattre. Le but était d'aborder les faces sud et ouest de la position allemande. La fusillade fut intense et la poussée très forte. Mais nos troupes, malheureusement formées en ordre compact (1), prises de feu et de flanc par le feu des landwehriens d'Ortelsburg et de Graudenz, abrités dans leurs tranchées, furent rapidement arrêtées.

En vain quelques compagnies, obliquant plus au sud, essayèrent-elles de revenir à la charge : elles se heurtèrent à des renforts. La 4e compagnie d'Ortelsburg s'était portée en avant, abandonnant la ferme Marion où elle avait été remplacée par la 2e compagnie de Graudenz. Le brouillard avait empêché l'artillerie du Vaudois d'intervenir autrement que par quelques obus lancés dans la direction de la fusillade.

Nos malheureux soldats, épuisés par de longues et froides nuits passées au bivouac, démoralisés par l'effet terrifiant du tir et le sang-froid des troupes si manœuvrières et si bien entraînées du général de Werder, n'avaient plus la vigueur nécessaire pour attaquer sérieusement.

---

(1) « Le bataillon, en *colonne serrée*, resta l'arme au pied... Le capitaine Mariani dit au commandant qu'il fallait tout le bataillon pour enlever la position. Le bataillon, en *colonne serrée* par division, se porta tout entier en avant pour marcher à l'ennemi. » (*Historique du 25e bataillon de chasseurs.*)

2. — Combat dans la vallée.

L'artillerie du 20e corps n'avait pas cessé son tir. Lorsque le brouillard se dissipa, les batteries du Salamou entrèrent énergiquement en action; elles prirent comme objectif le bois de Tavey, où l'on pouvait logiquement supposer que le gros du 20e corps était massé.

Nos rangs subirent de ce fait des pertes assez sensibles. Mieux valait tenter une nouvelle offensive que de rester ainsi passif sous les obus. Elle partit du bois du Chanois contre la sortie sud d'Héricourt, occupée par la 2e compagnie d'Osterode. Le brouillard favorisa la marche d'approche du 3e bataillon du 3e régiment de zouaves qui arriva à proximité du moulin de Bourangle. A 250 mètres du bâtiment, les zouaves forment une ligne solide, abritée derrière un pli du terrain. Au moment où ils se relèvent, ils sont reçus à bout portant par un feu rapide de la 2e compagnie du 25e régiment que ses patrouilles ont mise en éveil.

Un coup de vent qui balaie le brouillard permet aux batteries du Salamou de voir ce qui se passe dans le fond de la vallée. Elles accablent aussitôt de shrapnels les assaillants surpris et décimés qui, sous cette pluie de balles et de mitraille, faiblissent et regagnent le bois.

La lutte fut momentanément suspendue. Nos batteries avaient épuisé leurs munitions et ne furent réapprovisionnées que vers 2 heures. Notre infanterie avait besoin de se ressaisir. A 4 heures, la division Thornton se préparait à tenter un nouveau mouvement en avant : les batteries du Salamou ne lui permettent même pas un début d'exécution.

Ces attaques partielles, entreprises sans ensemble et

sans être appuyées par l'artillerie qui suspendait son tir chaque fois que l'infanterie sortait des bois, causèrent au 20ᵉ corps des pertes considérables. A partir de 4 h. 30 jusqu'à la nuit, le combat devant Héricourt se borna à une inutile et bruyante canonnade.

Comme la veille, les défenseurs du Mougnot furent relevés vers 7 heures du soir par les compagnies tenues en réserve pendant la journée. La position restait ainsi garnie durant toute la nuit, mais les troupes prenaient toutes leur nourriture dans de bonnes conditions.

Le 20ᵉ corps bivouaquait à peu près dans les mêmes conditions que la veille.

La réserve générale, vers Couthenans, n'engagea durant tout le jour que son artillerie. Le général Bourbaki resta près d'elle pendant toute la journée.

Vers 2 heures du matin, quelques coups de feu tirés aux avant-postes alarmaient les troupes dans les deux camps et provoquaient, comme à Béthoncourt, une fusillade intempestive, qui ne put être arrêtée qu'après un temps passablement long.

Puis peu à peu, les coups de feu, isolés eux-mêmes, se turent. Du vacarme assourdissant, du tonnerre qui grondait depuis le lever du jour, rien ne demeura que le grand calme de la nuit avec un lugubre silence.

ARTICLE III

LE COMBAT DEVANT LA DROITE ALLEMANDE

SOMMAIRE : 1. Combat de Luze. — 2. Combat de Chagey. — 3. Intervention du général de Werder. — 4. Description des environs de Chènebier. — 5. Occupation de Chenebier et des environs. — 6. Cremer et Penhoat; ordres donnés. — 7. Attaque de Chenebier. — 8. L'offensive est arrêtée.

———

1. — Combat de Luze.

Devant Luze, comme sur tout l'ensemble du front des positions de la Lisaine, le brouillard empêchait toute vue lointaine. Aussi l'artillerie du 18e corps attendait-elle jusque vers 2 h. 30 avant d'entamer le feu. Elle n'était cependant pas restée inactive : elle avait établi à hauteur de Couthenans, sur la lisière sud-est des bois de la Vacherie et au nord des Bois Communaux, des abris qui la couvraient très sérieusement.

L'infanterie du 18e corps resta à peu près immobile : son action se borna, devant Luze, à quelques vaines démonstrations que firent rapidement avorter les batteries allemandes (1).

———

(1) La 1re batterie légère de réserve du IIIe corps, appelée le 15 janvier du mont Vaudois sur Luze, y était restée. Par contre, la batterie lourde de réserve du Ier corps avait rétrogradé. La 2e batterie légère badoise, accourue de la réserve principale sur Chagey, prenait position au nord-est de Luze.

2. — Combat de Chagey.

Devant Chagey, il n'y avait pas eu d'engagement sérieux : tout s'était réduit à d'inutiles escarmouches de tirailleurs et à un échange sans importance de quelques coups de canon.

D'ailleurs, l'insuccès de la veille, la certitude que les troupes d'occupation avaient reçu de sérieux renforts (1), suffisaient à rendre le haut commandement très sceptique sur l'issue qui était réservée à une nouvelle attaque.

Le général Billot, dans un billet écrit au crayon et reçu par le général en chef à 1 h. 45, donnait une explication très judicieuse de l'inaction volontaire dans laquelle il tenait les divisions Pilatrie et Bonnet : « Le Vaudois et ses batteries dominent toujours la plaine; il me paraît indispensable de *tourner fortement par la gauche les positions de l'ennemi avant de songer à les attaquer de front...* Je juge inutile de déployer mon artillerie, qui a souffert beaucoup hier, jusqu'au moment définitif. Du reste, le terrain est très mauvais et la seule route par laquelle je puisse faire déboucher mon artillerie est complètement enfilée par le Vaudois. »

3. — Intervention du général de Werder.

Le général de Werder s'intéressait tout particulièrement aux combats qui s'engageaient sur son front. Son

---

(1) Chagey était occupé le 16 par le 1er bataillon, les fusiliers et la 7e compagnie du 6e badois, tandis que le 2e bataillon du 3e badois gardait le point dominant situé au saillant sud-ouest du bois de la Brisée. La 6e compagnie du 25e régiment avait été envoyée de la réserve principale sur le hameau de Génechier pour couvrir le flanc droit.

unique occupation avait été de recompléter la réserve principale de Brévilliers, très réduite à la suite de nombreux envois des renforts. Il prescrivait au général de Debschitz de diriger sur Sochaux un nouveau bataillon qui renforcerait les effectifs du général de Glümer.

A 5 h. 15, ordre était envoyé à ce dernier de céder à la réserve principale toutes les troupes dont, à l'aile gauche, il pouvait se démunir : il envoie deux bataillons. Le bataillon de Dantzig, qui avait besoin de se refaire, était relevé par le 2e bataillon du 5e régiment badois; un peu après 7 heures du soir, il appuyait de Bussurel sur Brévilliers.

Le général Keller était rappelé avec ses troupes et s'établissait en cantonnement auprès de Mandrevillars. Il devait prendre le commandement de la nouvelle réserve générale en voie de formation.

4. — Description des environs de Chenebier.

Le terrain sur lequel va se dérouler le combat entre la droite allemande et la gauche française est complètement découvert. Les quelques ondulations qui courent entre Etobon et le bois de la Thure n'en rendent pas l'accès autrement difficile.

Le village de Chenebier occupe le centre de cet espace limité à l'horizon par les hauteurs boisées du Chérimont et les croupes du bois de la Brisée et des bois d'Essoyeux. Très étendu et composé de maisons disséminées tant sur les pentes que sur les sommets du terrain, il est divisé en trois parties par de petits ruisseaux qui se rejoignent vers le moulin Collin. La partie méridionale de l'agglomération porte le nom de Courchamp, la partie septentrionale prend le nom de Bas des Esserts.

Au nord-ouest de Chenebier, à moins de 1.000 mètres, s'étendent les bois de Montedin et des Evaux, dont la lisière est très rapprochée du cimetière.

À 3 kilomètres vers le nord, à cheval sur la grande route de Lure à Belfort et bordant le flanc est d'un épanouissement de la vallée où viennent se réunir le ruisseau des Savoyards et celui des Noriandes, s'étend le village de Frahier, qui, par sa situation en contre-bas, ne permet évidemment aucune résistance.

Entre le bois de la Thure et Courchamp, un ravin assez profond, occupé par quelques fermes, peut servir de masque à une troupe.

Vers l'est, la Lisaine, trop peu large pour faire un obstacle, se creuse un lit dans un ravin resserré entre des lisières de bois touffus.

5. — Occupation de Chenebier.

Si la défense manquait de couverts, les approches de l'assaillant étaient relativement faciles à dissimuler : le général de Degenfeld l'avait bien compris et, dans l'occupation de l'agglomération de Chenebier, avait pris toutes ses précautions.

Le 1er bataillon du 3e badois, chargé de la défense du Bas des Esserts, avait placé deux compagnies sur la hauteur du bois des Evaux; une troisième compagnie occupait le cimetière; la quatrième, devant la lisière occidentale, était en avant de l'église.

Le bataillon de fusiliers, établi à Courchamp, avait une compagnie dans le fond de la vallée, face à Etobon, deux autres à l'ouest du village, face au bois de la Thure; la dernière couvrait le flanc gauche vers la Lisaine.

Le moulin Collin était tenu par deux compagnies appelées de Frahier. La 2ᵉ batterie lourde de la division badoise (capitaine Gœbel) et la 2ᵉ batterie légère de réserve saxonne (1) (capitaine Krutsch) étaient en position sur la hauteur à l'est du Bas des Esserts.

6. — Cremer et Penhoat. Ordres donnés.

« La division Cremer devait, le 16, avoir les honneurs de la journée dans une action qui aurait pu être décisive si l'ardeur du général Cremer avait été accompagnée chez lui de plus d'expérience et d'une connaissance plus approfondie des nécessités de la guerre. » (Lieutenant-colonel Rousset.).

Le général Cremer avait, dès 8 heures du matin, déployé la brigade Carol-Tévis devant la lisière nord du bois de la Thure et, sans grande nécessité, fait canonner Chenebier. Pour passer à l'offensive, il attend l'arrivée de la division du Penhoat, qui ne débouche sur Etobon qu'à 11 heures du matin (2). Une partie de la 2ᵉ brigade s'installe sur le mamelon coté 459; le reste de la division s'abrite dans une vallée à l'ouest du village.

Le général Cremer s'abouche alors avec l'amiral. D'un commun accord, les deux chefs arrêtent les dispositions à prendre pour déloger les forces allemandes du général de Degenfeld.

L'étude raisonnée des ressources du terrain, appuyée sur une juste conception tactique du but à atteindre, amène les généraux français à se décider à maintenir

(1) Cette batterie avait été dirigée par le colonel Willisen, dans la soirée du 15, de Ronchamp sur Frahier, pour se mettre à la disposition du général de Degenfeld.
(2) D'après le journal de marche de la 2ᵉ division, la division aurait quitté Béverne à 8 heures du matin. Il est impossible d'expliquer comment du Penhoat dut mettre trois heures pour atteindre Etobon, distant de 3 kilomètres environ.

les Allemands sur leur front, à les déborder sur leur droite, pendant que l'effort décisif serait tenté sur le moulin Collin.

Il était possible de s'approcher à couvert de l'objectif principal. Avec un peu de vigueur et l'avantage de la surprise, qu'assurait une manœuvre suffisamment dissimulée, on était dans des conditions excellentes pour obtenir un succès.

Par surcroît de précautions, le général Cremer se couvrait sur sa droite en envoyant dans cette direction deux bataillons du 32ᵉ de marche avec une batterie.

L'attaque sur le moulin Collin était confiée au 83ᵉ mobiles, à un bataillon du 32ᵉ de marche et aux mobiles de la Gironde. Le colonel Poullet, avec le 57ᵉ de marche et le 86ᵉ mobiles, doit déboucher du bois de la Thure et enlever Courchamp par une attaque de front.

La colonne du centre — 12ᵉ bataillon de chasseurs et deux bataillons du 92ᵉ — sous le commandement de l'amiral du Penhoat, s'avancera directement contre Chenebier.

La colonne de gauche — 52ᵉ de marche et un bataillon du 92ᵉ mobiles — dirigée par le colonel de l'Espée, s'engagera à travers le bois de Montedin pour menacer la retraite des troupes allemandes.

7. — Attaque de Chenebier.

Dès ces ordres donnés, l'artillerie de la division Penhoat prend position près d'Etobon. Une batterie s'établit sur le mamelon coté 459; une autre se porte à gauche près du cimetière; la troisième reste en réserve. De concert avec celle de la division Cremer en action depuis le matin, elle ouvre le feu vers 1 heure. La canonnade est vive, mais ne parvient pas à faire taire les pièces allemandes. Deux canons sont hissés sur le piton que couronnent les ruines du château d'Etobon. Cette position dominante leur permet de battre efficacement la partie sud de Chenebier; une batterie ennemie doit même changer d'emplacement.

Vers 2 heures, le général Billot, arrivé depuis un instant à Etobon, donne l'ordre de l'attaque. L'infanterie sort des bois; profitant habilement de la configuration du sol, elle s'ébranle avec hardiesse et confiance.

Mais l'ensemble de la manœuvre est néanmoins vite éventé par les éclaireurs allemands. Aussi le général de Degenfeld, devant cette attaque convergente dont il sentait tout le danger, chercha-t-il à renforcer ses deux ailes. Vers 3 heures, il jetait la 2ᵉ compagnie badoise vers les maisons situées au nord-ouest de Chenebier, en face du débouché de la forêt. Il appelait à lui le bataillon de landwehr d'Eupen et la batterie en réserve à Frahier. Deux compagnies gagnent le bois des Evaux; les deux autres et la batterie lourde de réserve du VIIᵉ corps s'installent à l'est d'Echavanne pour couvrir la gauche.

Celle-ci était en effet très menacée et les renforts n'arrivaient que pour recueillir le bataillon du 3ᵉ badois rejeté de Courchamp malgré une héroïque résistance. La colonne du colonel Poullet opérait sur un large front et se servait habilement du terrain. Une longue ligne de tirailleurs la précédait, commandée par le capitaine Santelli, du 57ᵉ de marche. Cet officier entraînait soldats et mobiles par son énergie et son courage. « Il était partout et voyait tout. » (Poullet.) Vers 2 h. 30, ces tirailleurs avaient traversé la vallée au sud de Courchamp et abordaient les maisons de la localité. Ils étaient accueillis par une vive fusillade de la 9ᵉ compagnie badoise.

La 12ᵉ compagnie, postée en réserve, exécutait, sous la conduite du lieutenant Lutz, une vigoureuse contre-

attaque, appuyée par la 9ᵉ compagnie. Les lieutenants
Lutz et Villinger sont grièvement blessés; mais le lieutenant Rueckert continue le mouvement, refoule une
partie de notre ligne et ne regagne sa position que devant les forces bien supérieures que fait avancer le colonel Poullet.

Les renforts qui venaient recueillir les fusiliers badois permettaient une nouvelle résistance. Si cette dernière fut énergique, l'attaque fut faite avec beaucoup
de brio. Aux accents de la charge, sonnée par les clai-
rons de la brigade Carol-Tévis, les colonnes se précipi-
tent en avant.

L'offensive fut même trop impétueuse au début. Le
83ᵉ mobiles, dont le chef, colonel Puech-Lestanière, a été
tué raide d'une balle au front, s'arrête, hésitant. Le
commandant de Carayon-Latour, par une vigoureuse
poussée du bataillon de la Gironde (1), rendait l'élan à
l'offensive un instant compromise.

Les fusiliers badois, très sérieusement éprouvés, devaient lâcher pied, laissant au nombre des blessés leur
commandant, capitaine Hilpert. Ils se jetaient dans la
partie nord de Chenebier pendant que les compagnies
de landwehr rétrogradaient sur Frahier, par Echavanne.

La marche offensive de la colonne de gauche à travers
les bois de Montedin et des Evaux avait rapidement mis
les défenseurs de Chenebier dans une position fort délicate. Le 92ᵉ de ligne abordait le village par l'ouest et
en chassait les Badois. Le 12ᵉ chasseurs donnait la main
vers la droite à la division Cremer.

Sous la menace de l'enveloppement qui s'accentuait

---

(1) Le gouvernement de la Défense nationale cita le bataillon
des mobiles de la Gironde au *Moniteur* pour sa belle conduite.

de minute en minute, le général de Degenfeld se décide
à évacuer ses positions; il ordonne la retraite sur Frahier. Le mouvement s'effectua sous la protection de la
batterie saxonne et des 3e et 4e compagnies du 3e badois.
Il fut terminé à 3h. 30.

8. — L'offensive est arrêtée.

A ce moment, la division du Penhoat avait atteint
Echavanne et la division Cremer le bois d'Essoyeux.
D'ores et déjà, la route de Belfort était, si on le voulait,
coupée à la droite ennemie : *on ne le voulut pas*. L'offensive française cessa brusquement.

La division Cremer regagna le bois de la Thure, laissant à la division du Penhoat seule la charge de l'occupation de Chenebier. On avait oublié cette opinion si
vraie de Napoléon Ier : « Son avis est que, dans la
guerre, il n'y a rien de fait tant qu'il reste encore quelque chose à faire; une victoire n'est pas complète chaque fois qu'on peut encore faire davantage (1). »

Le général de Degenfeld, sans être aucunement inquiété, allait prendre une position de repli auprès du
moulin Rougeot, au point culminant de la route Frahier ¬ Belfort. Il y fut rejoint, à 6 heures du soir, par
des renforts que lui envoyait le général de Werder : 1er
et 2e bataillons du 4e régiment badois; 2e escadron du 2e
dragons badois; 3e batterie légère de la 4e division de réserve.

Pendant ce temps, le détachement Willisen s'était
mis en retraite dans la direction de Giromagny. Le 2e
escadron du 2e dragons de réserve, qui maintenait à
Echavanne la liaison avec le général de Degenfeld, rom-

_____

(1) Ordre à Soult, 3 décembre 1805.

pait sur Sermamagny pour s'y joindre aux troupes du corps de siège. Le colonel de Willisen cantonnait son détachement dans Plancher-Bas, Auxelles-Bas et Giromagny.

———

ARTICLE IV

SITUATION DES BELLIGÈRANTS, LE 16 JANVIER AU SOIR

----

1. — Quelques observations tactiques.

Une étude purement didactique des événements qui viennent d'être rapportés amènerait de nombreuses conclusions : nous ne ferons qu'esquisser les leçons qui découlent des divers engagements de la journée.

Sur tout le front de la ligne de bataille, du Doubs à Chagey, la lutte n'a été qu'une *longue et impuissante canonnade*. Les attaques d'infanterie, insuffisamment préparées, insuffisamment dessinées, ne sont pas sérieusement soutenues : la rupture de l'équilibre ne peut s'obtenir que par une offensive délibérée. Cette offensive, c'est le mouvement seul qui la caractérise. Pour *vaincre*, il faut *avancer*.

Ainsi donc, dans les lignes françaises, c'est la même mollesse que celle que nous avons déjà constatée le 15 janvier; c'est le même manque de simultanéité et de cohésion, enfin la même absence de direction supérieure. Ce n'est pas quand il procède avec autant d'hésitation que le combat de front peut donner des résultats heureux.

Sans doute, le terrain était mauvais; il se prêtait mal au déploiement des grandes unités et à l'emploi de l'artillerie. N'est-il pas extraordinaire, cependant, qu'avec la supériorité numérique dont elle disposait sur tous les points, l'armée de l'Est ne soit arrivée nulle part, non pas à enfoncer l'ennemi, mais au moins à le fixer sur ses positions (1)? Ce résultat, elle ne l'a pas atteint, puisqu'il a toujours été possible aux réserves allemandes de se porter, par des mouvements en navette, aux points les plus menacés. A quoi sert donc le combat de front, le combat d'usure, s'il ne peut s'opposer au jeu des réserves (2)?

Le fait est explicable assurément par l'état de désorganisation et de faiblesse auquel était réduite la malheureuse armée française. Mais cet état n'était-il pas le résultat de douloureuses épreuves qu'un peu plus de prévoyance de la part du haut commandement aurait probablement pu lui éviter?

Les résultats obtenus par l'aile gauche française sont une preuve incontestable de ce que vaut une offensive intelligemment préparée et vigoureusement conduite. « Seule, l'excellente attitude des chefs et des troupes avait empêché une catastrophe », avoue Löhlein.

Nous n'insisterons pas davantage sur l'utilisation de la supériorité numérique pour procéder à *l'enveloppement des deux ailes*. Mais il faut noter l'oubli de ce principe de guerre, vieux comme le monde, qui prescrit de poursuivre toujours un ennemi en retraite et de prendre, s'il le faut, à ce moment, une offensive énergique. De la violation de cette règle de conduite qui,

---

(1) « Nous considérons l'immobilisation préalable de l'ennemi comme une idée élémentaire, comme la base de toute manœuvre stratégique ou tactique. » (Général Maillard.)

(2) Le rôle des troupes chargées du combat de préparation « est d'opposer à l'ennemi, sur tous les points où il montre des troupes, le minimum de forces nécessaires pour le contenir, l'immobiliser et l'user en le tenant à tout instant sous la menace d'une attaque sérieuse. » (Règlement du 8 octobre 1902.)

en la circonstance, était d'application urgente, résulte
la fin du succès de notre aile gauche.

Comment le général Cremer, d'ordinaire si vigoureux
et si énergique, arrêta-t-il en plein succès ses colonnes
prêtes à tendre la main aux assiégés de Belfort? Pour
quelles raisons a-t-il oublié que c'est à la guerre, plus
qu'en toute autre occasion, que se vérifie la vérité de ce
dicton : « L'éternité ne fait point revivre l'occasion que
nous avons laissé échapper dans une minute. »? Lui-
même a plaidé les circonstances atténuantes en arguant
de la fatigue de ses soldats. Mais la vigueur même de
leur attaque ne prouve-t-elle pas qu'ils étaient capables
de prolonger quelque temps encore un effort si pleinement heureux?

« D'ailleurs, se porter du bois d'Essoyeux sur la route
de Châlonvillars n'était ni plus pénible ni plus fati-
gant que de regagner le bois de la Thure et, en exécu-
tant cette marche en avant, chacun aurait eu la consola-
tion de se dire qu'elle était indispensable pour compléter le succès dont la seule occupation de Chenebier
ne valait assurément pas le prix. Quand on veut obtenir des résultats décisifs, il ne suffit pas de viser un objectif topographique, il faut ôter à l'adversaire toute
possibilité de réparer son échec, c'est-à-dire qu'il faut
continuer l'action jusqu'à ce qu'il soit hors de cause et
qu'on ait atteint soi-même le but tactique qu'on s'était
proposé. Or, dans la circonstance, le but tactique était
de déborder la droite du XIVe corps, non de conquérir
un ou deux villages et c'est à quoi le général Cremer
n'a pas songé. » (Lieutenant-colonel Rousset.)

Le contre-amiral du Penhoat a bien senti qu'il y avait
là un fait anormal lorsque, dans son rapport, il écrit :
« On ne pouvait pas s'aventurer légèrement, avec des
troupes dont la solidité laissait à désirer, à la poursuite
de l'ennemi en poussant une pointe entre l'armée de

Werder et l'armée de siège de Belfort. Il aurait fallu *nécessairement soutenir les troupes lancées ainsi en avant par un mouvement général de l'armée de ce côté.* Il ne restait, au surplus, avant la nuit, que le temps nécessaire pour se barricader dans le village placé en flèche du côté de l'ennemi. »

2. — Situation des troupes allemandes.

La relation officielle de l'état-major allemand, contre son habitude, est très franche dans l'étude de ce point d'histoire. L'aile gauche française n'était plus qu'à 8 kilomètres de Belfort et « il était fort possible que ce premier succès amenât les Français à renoncer à leurs attaques jusqu'alors assez mollement conduites sur tout le front de la ligne de bataille pour se jeter avec tout leur monde sur la droite allemande. Le général de Degenfeld n'avait pu, avec deux bataillons, mettre obstacle au mouvement de deux divisions. Il est vrai qu'il tenait encore sur la grande route de Belfort, en avant de Châlonvillars, mais ses troupes, d'ailleurs. épuisées, occupaient une position peu susceptible de défense et facile à tourner par le sud. » (*Relation allemande.*)

C'était là une conséquence de l'erreur commise par de Werder dans l'appréciation de la direction probable de notre ataque décisive et dans l'accumulation des forces allemandes sur le centre et la gauche de la position. Cette erreur pouvait être grosse de conséquences. Le général de Werder ne s'en rend un compte exact que lorsque, vers 8 heures, il reçoit le rapport détaillé de ce qui s'est passé à Chenebier.

Il annule immédiatement les ordres donnés au général Keller vers 7 heures et lui prescrit de laisser son artillerie en arrière, de partir sur-le-champ avec les forces disponibles à Mandrevillars et de reprendre Frahier ainsi que Chenebier. Cet ordre parvenait à 8 h. 30 du soir.

Dans sa situation franchement fâcheuse, il ne restait plus à de Werder qu'à prendre une rapide offensive contre l'aile gauche française. Si elle échouait, elle aurait du moins pour résultat palpable de faire perdre du temps à l'adversaire et de l'épuiser en détail.

« L'ennemi a de nouveau aujourd'hui attaqué nos positions sur toute la ligne, mais sans résultat, quoiqu'il soit parvenu à refouler sur Châlonvillars, le major général de Degenfeld. Pendant la nuit, les patrouilles maintiendront un contact constant avec l'ennemi. Demain matin, à 7 heures, toutes les troupes seront dans leurs positions pour autant que le major-général Keller n'en aura pas disposé. »

Des ordres étaient donnés pour que le général de Tresckow Ier mît le 2e bataillon du 67e régiment à la disposition du général de Glümer, à Grand-Charmont, pour le lendemain matin à la première heure. Des troupes de landwehr relevaient dans le service de la tranchée le 3e bataillon du même régiment, qui se portait sur Châlonvillars.

Ces dispositions étant prises, le général de Werder adressait au général de Manteuffel le télégramme suivant :

« Brévilliers, 16 janvier 1871, 9 heures soir.

» L'ennemi m'a attaqué aujourd'hui sur toute la ligne avec un redoublement de forces et d'énergie; il a été repoussé partout. Seul, le général de Degenfeld a été obligé d'évacuer la position de Chenebier devant des forces supérieures et s'est replié jusqu'en avant de Châlonvillars. Je mets tout en œuvre pour reprendre la position de Chenebier. D'après ce qui est connu jusqu'à présent, nos pertes sont peu importantes. »

3. — Situation de l'armée de l'Est.

Si, à la fin de la journée du 16 janvier, l'ennemi était en proie à des inquiétudes explicables, la situation de l'armée de l'Est n'en était guère meilleure pour cela. Nulle part les Allemands n'avaient été sérieusement entamés : la question militaire restait donc intacte.

Par contre, celle des subsistances devenait plus menaçante que jamais. Les distributions se faisaient d'une façon fort irrégulière; les convois, arrêtés en route, n'arrivaient pas toujours à destination. Certains corps, mieux placés, interceptaient les denrées, absorbant parfois, dans un gaspillage coupable, les ressources de tous les autres. De là, pour ceux qui n'étaient pas pourvus, de nouvelles souffrances à ajouter aux tortures du froid.

Tous ces désordres étaient connus au quartier général. La dépêche de Bourbaki à l'intendant Friant (15 janvier) le prouve surabondamment. Il était trop tard pour y apporter quelque remède efficace.

D'autre part, dans l'idée du général Bourbaki, les nécessités du ravitaillement opposaient un obstacle absolu à la concentration de forces plus considérables à notre aile gauche. « Ma ligne s'étend de Montbéliard à Etobon, c'est énorme, disait Bourbaki au général Billot à Couthenans; je ne puis pas la développer davantage; je serais obligé de quitter la ligne de Besançon à Montbéliard et si nous étions coupés par là, comment mangerions-nous (1)? On m'a dit qu'il n'y avait que 40.000 hommes autour de Belfort; je crois qu'il y en a à 80.000. »

---

(1) Pouvait-on réellement craindre d'être coupé de Clerval? Les troupes de la landwehr s'étaient bien maintenues derrière

A la vérité, il ne s'agissait pas de s'étendre davantage. Il importait uniquement de masser sur la gauche une partie des troupes de deuxième ligne. C'était, par l'utilisation d'éléments que la nature du terrain avait condamnés jusqu'alors à l'inaction, le développement normal du plan tactique donné dans l'ordre du 14 janvier.

Ce qui caractérise précisément cette journée du 16 janvier, c'est *le manque de volonté du général en chef* qui semble résigné à laisser aller les choses (1). Il n'apparaît pas qu'il veuille rien tenter pour réaliser, par la victoire, sa conception primitive de la bataille.

Et cependant il reste fidèle, du moins théoriquement, à l'idée directrice de l'ordre d'engagement, puisque le soir même il télégraphiait à Bordeaux : « Demain matin, nos efforts seront renouvelés; j'espère que le mouvement tournant par notre gauche pouvant enfin s'accomplir, ils seront couronnés de succès. S'il en était autrement, il y aurait lieu d'aviser aux mesures à prendre ultérieurement; mais je ne songerai que demain soir à modifier le plan adopté, après avoir épuisé tous les moyens d'obtenir le succès de ce côté. Les forces de l'ennemi sont considérables et son artillerie formidable; le terrain, par sa configuration et par les obstacles de toute nature qu'il présente, facilite beaucoup la résistance qu'il nous oppose. »

---

leurs retranchements, mais en passant à l'offensive, auraient-elles conservé tous leurs avantages? D'ailleurs, ne pouvions-nous pas nous estimer heureux si l'ennemi prenait la décision de se glisser sur notre aile droite? Il nous ouvrait ainsi la route vers le but final de la campagne; il conspirait avec nous pour nous assurer la victoire décisive. C'était le cas de se rappeler Napoléon Iᵉʳ dévoilant son plan la veille de la bataille d'Austerlitz : « Tandis qu'ils chercheront à tourner mon aile droite, ils me prêteront le flanc. »

(1) « La guerre ne se fait qu'avec de la vigueur, de la décision et une volonté constante. » (Napoléon à Bertrand, 6 juin 1813.)

La dépêche du général faisait pressentir la possibilité d'un insuccès. Il semble que, dans l'état-major de l'armée, on eût déjà, sinon expréssément discuté, du moins entrevu, ce soir-là, l'imminence d'une retraite. De l'avis du général Borel, il aurait été plus prudent de se retirer dès après cette deuxième journée.

Bourbaki se décida cependant à tenter encore un dernier effort. « Demain, nous attaquerons de nouveau, » disait-il au général Billot, en lui prescrivant d'établir dans la nuit des batteries de position pour canonner le mont Vaudois. « On s'entêtait comme un troupeau de moutons devant une barrière quand la trouée, un peu plus loin, était possible. » (P. et V. Margueritte.)

Pour le 17, en effet, tous les corps de l'armée de l'Est devaient se maintenir sur leurs positions, prêts à se porter en avant au premier signal.

CHAPITRE IV

JOURNÉE DU 17 JANVIER (1)

———

ARTICLE Ier

APPRÉCIATION D'ENSEMBLE

Autour de l'armée de l'Est, l'horizon s'était rétréci graduellement. L'heure était venue qui allait décider de son sort. Pour le chef et la troupe était arrivé le moment critique où il suffit du moindre ébranlement pour rompre l'équilibre entre les succès et les insuccès et faire pencher définitivement la balance. « Le sort d'une bataille est le résultat d'un instant, d'une pensée..., le moment décisif se présente, une *étincelle morale* prononce et la plus petite réserve accomplit. » (Napoléon.) Nous retrouvons encore ailleurs la même conviction ainsi exprimée : « Il est un moment dans les combats où la plus petite manœuvre décide et donne la supériorité; c'est la goutte d'eau qui fait le trop plein. » (Napoléon.)

Dans cette troisième et suprême journée de la lutte, l'armée française *doit vaincre* l'opiniâtre résistance allemande ou *battre rapidement en retraite*. Un échec ou tout retard pouvaient être funestes : des bruits alarmants signalaient l'approche de l'armée du Sud. Sa présence sur les derrières des troupes du général Bourbaki

———

(1) Voir annexe III.

plaçait celui-ci dans la plus critique des situations : la victoire seule pouvait sauver, momentanément tout au moins, la malheureuse armée de l'Est.

C'était la pensée de tous ; elle eût dû transporter les volontés et les pousser à l'action. Elle ne se traduisit même pas par l'acte de puissante énergie qui était son indispensable corollaire.

Des deux côtés, les troupes étaient brisées de fatigue. Mais les éléments français, usés par le bivouac, privés de distributions régulières, étaient plus particulièrement épuisés.

Une pluie diluvienne commença, vers 10 heures du matin, de ruisseler d'un ciel d'encre ; glaciale, elle aveuglait les mobiles ; coulant sous leurs pauvres vêtements, elle leur lardait la peau. Le terrain du combat ne fut bientôt plus qu'un océan de boue glacée.

« D'autre part, l'état-major français, il est difficile de s'expliquer pourquoi, paraissait considérer la mission de l'aile gauche bien plutôt comme défensive que comme offensive et songeait à garantir le flanc de ce côté au lieu de profiter délibérément de la supériorité numérique dont on disposait là pour bousculer ce qu'on avait devant soi... Il y avait là une erreur d'appréciation qui doit s'expliquer par le manque de renseignements précis sur la situation, mais qui n'en était pas moins fâcheuse, puisque la véritable direction du mouvement débordant qu'on voulait faire était tout naturellement tracée par la route de Châlonvillars. Elle eut en tout cas pour résultat de transformer l'allure du combat et de confirmer notre aile gauche dans sa passivité. On se borna à défendre Chenebier avec une opiniâtreté qui aurait dû être plus productive, à réoccuper le bois des Evaux et à entretenir une canonnade sans intérêt ; mais on ne chercha ni à poursuivre l'ennemi en retraite, ni à tendre la main aux défenseurs de Belfort, et la division Cremer ne fournit d'autre appoint que celui de sa présence. » (Lieutenant-colonel Rousset.)

ARTICLE II

LE COMBAT SUR LE FRONT MONTBÉLIARD-LUZE

SOMMAIRE : 1. Combat de Montbéliard. — 2. Combat devant Béthoncourt - Bussurel. — 3. Combat devant Héricourt - Luze.

---

1. — Combat de Montbéliard.

Les obus allemands commencèrent de bonne heure à pleuvoir sur Montbéliard. La ville est évacuée par les troupes du 15ᵉ corps qui l'occupaient encore. Le bataillon d'Intersburg, venant occuper la gare, rétablissait les communications avec la garnison du château. L'artillerie du plateau de la Grange Dame concentre alors son feu sur les batteries françaises de Mont Chevis.

Vers 10 heures, quelques bataillons français se rassemblaient à la lisière du bois Bourgeois. A midi, ils esquissaient une attaque sur Montbéliard (1). Les tirailleurs ouvraient le feu à une très grande distance : au bout de peu de temps, leur marche fut arrêtée.

La direction de leur ligne, oblique par rapport aux positions allemandes, exposait leur aile gauche aux feux d'enfilade du plateau de la Grange Dame où s'était portée la 1ʳᵉ batterie légère badoise, appelée de la réserve. Seules, quelques fractions atteignaient la Lisaine. L'aile

---

(1) La relation de l'état-major prussien paraît avoir exagéré l'importance de ce mouvement, qui ne semble avoir été tenté que par deux bataillons du régiment étranger et par le 5ᵉ chasseur de marche.

droite poussait quelques détachements jusqu'à Montbéliard; ils se heurtent, vers la gare et la voie ferrée, au bataillon d'Insterburg et à la 12ᵉ compagnie du régiment badois du corps.

Vers 2 heures, toute l'infanterie française se repliait dans les bois, laissant quelques troupes à l'ancienne citadelle. Dès lors, dans les deux partis, on se contentait d'échanger des obus par-dessus la vallée.

Le général de Glümer pouvait, sans danger, céder à la réserve principale de Brévilliers le bataillon de Marienburg. Le 1ᵉʳ bataillon du 67ᵉ s'y rendait également.

2. — Combat devant Béthoncourt et Bussurel.

À Béthoncourt, rien ne se passa qui mérite d'être signalé. Le 1ᵉʳ bataillon du régiment badois du corps, accouru dans la nuit à la suite d'une alerte, avait regagné la Grange Dame dès le matin.

Bussurel brûlait toujours. Les tirailleurs qui s'y maintenaient obstinément harcelaient les défenseurs abrités derrière le talus de la voie ferrée : ils ne cherchaient d'ailleurs nullement à se porter en avant.

Les troupes du colonel Sachs avaient été renforcées par le bataillon de Breslau II, venu du détachement Debschitz.

3. — Combat devant Héricourt et Luze.

Devant Héricourt, ce fut encore un duel d'artillerie qui constitua l'élément principal de la lutte. Un effort peu vigoureux d'infanterie, dirigé contre le chemin de fer, était d'avance voué à l'avortement. Vers midi le canon se taisait momentanément pour reprendre son tir à 4 heures.

Le colonel de Loos pouvait sans inconvénient diriger les fusiliers du 25ᵉ régiment sur la réserve principale à Brévilliers.

En face de Luze, des lignes épaisses de tirailleurs de la division Feillet Pilatrie bordaient la lisière des bois, prêtes à se porter en avant. Tenues en échec par l'artillerie allemande et surtout par la 2ᵉ batterie légère de réserve du IIIᵉ corps, elles ne prononcèrent pas leur offensive.

ARTICLE III

LE COMBAT DEVANT LA DROITE ALLEMANDE

---

1. — Occupation de Chenebier.

C'était à l'aile droite allemande que les événements
s'étaient précipités et que s'était décidé le sort de l'armée de l'Est.

La division du Penhoat, restée le 16 à Chenebier,
n'avait point occupé Frahier, bien que le village eût été
évacué par les Allemands; on se borna à placer une
grand' garde dans le bois des Evaux, sur la route d'Echavanne (1).

Les fractions cantonnées dans Courchamp songèrent
avant tout à goûter un repos dont elles avaient évidem-

---

(1) Un bataillon du 77e mobiles dans la partie sud-est du village; une compagnie du 12e chasseurs à l'église; une compagnie
du 12e chasseurs, une compagnie du 92e, une section du génie, le
2e escadron du 8e dragons, près du pont. Le reste du 12e chasseurs, quatre compagnies du 92e, dans le bois des Evaux, à l'est
du chemin d'Echavanne. Le reste du 92e dans la partie nord de
Chenebier. Le 52e de marche avait quatre compagnies de grand'-
garde en avant du bois des Evaux; le 1er bataillon est en position dans le bois de Montedin. Le reste du régiment est dans la
partie nord de Chenebier.

ment bien besoin. Malheureusement, elles ne prirent pas la précaution de se garder dans la direction de la Lisaine.

2. — Offensive du général Keller.

Pendant ce temps, les Allemands marchaient. En exécution de l'ordre qu'il avait reçu à 8 h. 30, le général Keller était parti de Mandrevillars dès 11 heures du soir et s'était porté, avec deux bataillons, sur le moulin Rougeot. Il avait informé de sa mission le général von der Goltz, qui commandait à Chagey, et sollicitait de lui le concours d'un bataillon ou deux.

Il joignait l'aile droite allemande à minuit. Le général de Degenfeld avait déjà fait réoccuper Frahier par le bataillon de landwehr d'Eupen. Un peu plus tard, arrivait un bataillon du corps de siège de Belfort. Le général Keller disposait donc de huit bataillons, deux escadrons et quatre batteries (1). Peu après, le lieutenant-colonel de Scheliha faisait amener en batterie, auprès du moulin Rougeot, trois canons de 15, envoyés par le corps de siège.

Le général Keller se décidait à prononcer immédiatement sa contre-attaque. La nuit était obscure; le ciel, couvert de gros nuages, ne permettait pas la circulation en dehors des chemins. Au reste, la difficulté était déjà assez grande de se reconnaître dans le dédale des voies de communication, sans le compliquer d'une orientation à travers champs.

Il est vrai que les troupes n'avaient que 3 kilomètres à faire pour atteindre Chenebier. Une fois sur la route,

---

(1) Voir annexe IV.

elles n'avaient plus qu'à se porter droit devant elles. La marche d'approche était donc courte; il y avait beaucoup de chances que l'on atteigne l'objectif.

Deux chemins praticables et approximativement d'égale longueur mènent de Frahier à Chenebier; un intervalle de 800 à 1.000 mètres les sépare. Afin de profiter de ces deux voies d'accès qui abordent les deux groupes d'habitations constituant le village, le général Keller forme deux colonnes d'attaque :

a) Celle de droite (major Jacobi), comprend les fusiliers du 5ᵉ régiment badois, ceux du 67ᵉ et le bataillon de landwehr d'Eupen; elle doit passer par Echavanne et le bois des Evaux;

b) Celle de gauche (colonel Bayer), est formée du 4ᵉ régiment badois; elle doit utiliser le chemin qui longe la rive gauche de la Lisaine et se prolonge du moulin Collin sur Courchamp.

Les deux colonnes étaient invitées, afin de ne point se gêner mutuellement, à s'étendre vers leurs flancs extérieurs dès que l'action s'engagerait.

Les autres troupes dont disposait le général Keller (1) devaient rester en réserve jusqu'à 6 heures du matin et prendre ensuite position auprès de Frahier. On ignore les raisons de cette disposition. Il y aurait eu avantage cependant à diriger au moins les troupes d'infanterie sur ce dernier point, aussitôt après la formation des colonnes d'attaque.

Une étude complète de la question poserait évidemment ici d'autres critiques en réalité fort sérieuses : cette séparation en deux colonnes ne serait-elle pas une erreur? L'expérience prouve que le principe tactique

---

(1) 1ᵉʳ bataillon et fusiliers du 3ᵉ badois; deux escadrons de cavalerie; quatre batteries d'artillerie .

« se séparer pour marcher, se réunir pour combattre, » ne convient en aucune façon aux opérations de nuit.

On pourrait d'ailleurs très facilement justifier que l'attaque tout entière devait être portée sur le moulin Collin.

A 4 h. 30 du matin, l'attaque s'ébranlait dans le plus grand silence et se portait sur Chenebier.

3. — Échec de la colonne de droite.

La colonne de droite traversait Echavanne sans incident et se portait sur le bois des Evaux. Elle avait à franchir environ 800 mètres de terrain boisé, d'ailleurs très difficile. Le major Jacobi avait en première ligne trois compagnies des fusiliers du 5e régiment badois; l'autre compagnie était en seconde ligne. Les fusiliers du 67e régiment avaient deux compagnies à chacune des ailes. Le bataillon d'Eupen devait rester en réserve auprès d'Echavanne. Les rapports officiels n'expliquent pas pourquoi ce bataillon resta sans emploi : il fut à peine engagé.

Le major Jacobi se heurtait bientôt à une grand' garde française (1) du bois des Evaux que la 12e compagnie badoise surprenait à l'improviste. Il en résulta une fusillade assez violente. Evidemment les Allemands n'avaient aucun intérêt à tirer (2); mais les efforts des officiers furent impuissants à faire cesser ce bruit intempestif qui, tout naturellement, donna l'éveil aux troupes françaises de Chenebier.

_____

(1) 2e compagnie du 2e bataillon du 52e de marche.
(2) Dans les opérations de nuit, dit le règlement du 8 octobre 1902, « l'attaque a toujours lieu par le choc et à la baïonnette » Le règlement du 3 décembre 1904 dit, de son côté : « Les troupes marchent à rangs serrés, dans le plus grand silence et attaquent à la baïonnette sans tirer. »

La résistance de la grand' garde était d'ailleurs fort sérieuse et obligeait les Allemands à déployer huit compagnies. La direction devenait difficile, voire impossible. Il faisait si sombre qu'amis et ennemis ne se reconnaissaient pas. La mêlée était générale. Le bruit de la fusillade devenait étourdissant et les cris des combattants augmentaient le tumulte.

Une compagnie du 12e chasseurs, quatre compagnies du 52e et des fractions du 92e renforcent nos avant-postes. Les Allemands gagnent à peine une cinquantaine de mètres et bientôt même le major Jacobi doit se résigner à ramener tout son monde à la lisière nord-est du bois. Blessé, il cède le commandement au major de Laue.

4. — La colonne de gauche enlève Courchamp.

La colonne de gauche, reliée à celle de droite par une compagnie, atteignait le moulin Collin au moment même où commençait l'engagement devant le bois des Évaux. Au bruit de la fusillade, elle hâta sa marche. Profitant de ce que nos troupes ne se gardaient pas, elle dirigea facilement le 2e bataillon suivi des fusiliers sur Courchamp. Le 1er bataillon se portait sur la hauteur au sud, organisant une position de repli et couvrant le flanc gauche. Accélérant leur marche, les deux bataillons pénètrent dans Courchamp sans tirer un coup de fusil et en poussant des hourras.

Surprises, nos troupes — deux compagnies du Tarn — se jettent sur leurs armes. La fusillade s'anime, très vive dès le début. Quelques groupes essayent de résister; ils sont bientôt délogés des maisons. C'est dans une assez grande confusion que les compagnies françaises (1) vont

(1) 12e chasseurs, 92e de ligne, mobiles du Tarn.

se reformer au delà du ravin qui sépare Courchamp de Chenebier Là, elles réussissent à tenir l'ennemi en respect.

Leur insousciance leur coûtait cher : outre leurs pertes, qui étaient sérieuses, elles laissaient aux mains de l'ennemi 400 prisonniers, dont 7 officiers, et quelques voitures de bagages.

5. — Intervention tardive de la division Cremer.

La fusillade avait jeté l'alarme dès 4 h. 30 du matin. Pourquoi donc la division Cremer n'avait-elle pas bougé? (1). Son chef attendait, paraît-il, d'être appelé par l'amiral du Penhoat pour se porter à son secours. Il oublia que les conditions essentielles du succès à la guerre, sont l'*initiative* et la *rapidité de l'attaque;* il oublia qu'il importe, dans toutes les circonstances du combat, de suppléer, par la rapidité de la décision, à ce qui fait presque toujours défaut sous le rapport de la clarté. *Solidarité* et *convergence des efforts*, telle est la loi suprême.

Le général Billot, aux premiers coups de fusil, s'était porté d'Etobon sur Chenebier. De là, après avoir retrouvé l'amiral, il envoyait au général Cremer l'ordre de gagner Etobon et de diriger trois bataillons sur Chenebier.

Cremer porte sur ce dernier point un bataillon du 32ᵉ de marche et deux bataillons du 57ᵉ régiment. Puis il gagne Etobon avec le bataillon de la Gironde, un bataillon du 57ᵉ de marche et deux batteries. Le reste de sa division, aux ordres du colonel Poullet, continue d'occuper le bois de la Thure.

(1) « La solidarité entre les compagnies est un devoir essentiel qui engage l'honneur militaire de ceux qui les commandent. » (Règlement du 8 octobre 1902.)

La situation du général Keller pouvait d'un instant à l'autre devenir critique. Aussi, dès 8 h. 30, la colonne de gauche évacue-t-elle Courchamp, emmenant ses prisonniers. Elle se replie d'abord sur le bois Féry, où ses troupes éprouvées et littéralement à bout ne peuvent tenir. Elle gagne ensuite Frahier. Les pertes du 4ᵉ régiment badois étaient considérables. Les capitaines Wolf et Koch étaient tués, le capitaine Schonhart, grièvement atteint, et le major Held, blessé.

A ce moment, l'artillerie allemande de la réserve générale postée sur les collines à l'ouest et au sud-ouest de Frahier, était entrée en action, ralentissant la marche en avant de la division Penhoat. Une des batteries de cette dernière, qui avait essayé d'appuyer les siens en se portant vers le Bas des Esserts, ne tarde pas à être désemparée. Nos soldats, soumis à un feu terrible, hésitent, puis s'arrêtent.

6. — Assauts allemands sur Chenebier.

La colonne de droite continuait toujours à lutter dans le bois des Evaux. Renforcée par le 1ᵉʳ bataillon du 3ᵉ badois, amené du moulin Rougeot par le lieutenant-colonel Krauss, elle reprend l'offensive vers 9 heures, sous l'impulsion du général de Degenfeld. Les majors de Laue et Unger, bien que blessés, restent à la tête de leurs troupes. Après deux heures d'une lutte meurtrière, les Allemands réussissent à s'emparer du bois tout entier, mais ils ne peuvent en déboucher. Ils sont maintenus en respect par deux compagnies du 52ᵉ de marche qui garnissent le fossé de la lisière (1).

---

(1) D'après l'historique du 92ᵉ, le colonel Bardin reçut trois fois l'ordre de la retraite. Trois fois il refusa de l'exécuter. De 10 heures à midi, le colonel Perrin, commandant la 1ʳᵉ brigade, reçut également à trois reprises l'ordre de se retirer.

Lisaine.   9

Les tentatives aventurées faites contre Chenebier, par les lieutenants Wendler et Schmidt, du 67ᵉ, enlèvent deux maisons de Chenebier, mais ne peuvent s'y maintenir : elles se brisent contre l'énergie des soldats français.

Une petite colonne d'assaut, conduite par le major Unger et composée de deux compagnies d'Eupen, ayant en tête deux pelotons badois, se lance sur l'entrée du village. Elle se heurte à une barricade précédemment construite par les Allemands. Le feu des défenseurs contribue à arrêter son élan. Une seule décharge de mitrailleuses abat 21 hommes des pelotons badois.

Le général de Degenfeld doit renoncer définitivement à ces assauts coûteux. Un peu après 10 heures, il replie toute sa colonne à l'intérieur du fourré pour la mettre à l'abri de nos projectiles.

7. — Le combat à la lisière du bois de la Thure.

Les éléments de la division Cremer, — 32ᵉ de marche, 83ᵉ et 86ᵉ mobiles et trois batteries, — laissés dans le bois de la Thure, aux ordres du colonel Poullet, avaient pour mission d'assurer la sécurité du côté de Chagey. Cette précaution était justifiée.

Accédant à la demande du général Keller, le général von der Goltz avait fait partir de Chagey, dès 3 h. 30 du matin, le 2ᵉ bataillon du 6ᵉ régiment badois et les 9ᵉ et 11ᵉ compagnies du même corps. Ces troupes devaient remonter la vallée pour favoriser, par une démonstration de flanc, l'offensive tentée sur Chenebier. Elles trouvèrent la gorge de la Lisaine barrée par des abatis préparés sur l'ordre du colonel Poullet et bien défendus par un bataillon du 32ᵉ de marche. Dépistés, les effectifs du 6ᵉ badois rentrent à Chagey.

8. — Le combat devant Chagey.

Le 18ᵉ corps, d'après le plan du général Bourbaki, devait déborder le mont Vaudois par une continuation du mouvement offensif. « A moins d'ordre contraire, écrivait le général Billot au commandant en chef, je compte commencer l'action vers 2 heures par Chagey avec l'action combinée des divisions Cremer et Bonnet. Si nous réussissons, nous continuerons par Mandrevillars, Echenans et le Vaudois. Aussitôt Chagey enlevé, Pilatrie marchera sur Luze et le Vaudois. Mais il me paraît indispensable d'avoir de fortes réserves, car l'ennemi cherchera à faire des retours offensifs et même à tourner les colonnes d'assaut. Pour parer à ce danger, je ne lancerai qu'une brigade par division tout en laissant l'autre brigade en réserve, mais il serait indispensable que *la réserve générale appuyât.* »

Les instructions furent données dans ce sens. L'artillerie, qui devait préparer l'attaque, disposait d'éléments sérieux. Une batterie de 12 avait été installée sur la route de Lure à Héricourt. Les batteries divisionnaires, abritées par le remblai, sont en position à l'ouest de cette route. Une deuxième batterie de 12 est retranchée sur une crête élevée dans le bois de la Vacherie, au nord de la route Couthenans - Béverne. Enfin, la réserve générale avait établi une forte batterie sur le mont Verlans, d'où son tir prenait les canons ennemis en écharpe.

La marche d'approche de l'infanterie avait besoin d'un sérieux appui. La division Pilatrie, en particulier, était fortement contrariée par les accidents du terrain. Un espace découvert de 1.200 à 1.500 mètres conduisait dans les bas-fonds de la vallée; il fallait ensuite gravir les pentes de la rive gauche, opération difficile et chanceuse avec de jeunes troupes fatiguées.

Le feu commença vers 8 heures. Grâce à la supériorité de son matériel, l'artillerie allemande le soutint
sans faiblir. Presque aussitôt, une partie de la division
Cremer, — 32ᵉ de marche, 86ᵉ mobiles, une batterie, —
débouchant du bois de la Thure, se déployait devant
Chagey. La batterie, postée dans la vallée, au nord du
village, tira jusqu'à 9 h. 30, puis elle se retira.

La batterie allemande du capitaine Leiningen, établie au nord de Chagey, et le feu des Badois, retranchés
dans les maisons de la lisière, tinrent l'ennemi en échec.

A 10 heures, l'infanterie française se masse dans une
grande clairière du bois de la Vacherie. Une section de
pièces de 4, pour préparer une nouvelle offensive, venait prendre position au débouché du ravin de la Goutte-
Saint-Saut, au sud du bois de Nan. Elle ouvrait à courte
portée le feu sur Chagey, appuyée bientôt par deux batteries embusquées sous bois. Mais la deuxième batterie
légère et la batterie à cheval badoises les réduisaient rapidement au silence.

A 10 h. 30, une attaque était dirigée par la brigade
Bremens contre la face ouest du village (1). Les chasseurs prenaient pied à la lisière; la gauche du 53ᵉ s'em-
parait du cimetière. Mais cette tentative n'en échouait
pas moins.

Elle est suivie à 11 h. 30 d'un effort plus considérable
qui, après un violent engagement de mousqueterie,
échoue de la même façon.

Sur tout le front, depuis la lisière nord du bois de la
Thure jusqu'à Byans, il n'y eut donc à proprement par-
ler que des démonstrations accompagnées d'une canonnade intense. Partout, la bataille garda cette allure in-

---

(1) Le 14ᵉ chasseurs tenait la droite et le 3ᵉ bataillon du 53ᵉ,
la gauche. Le 1ᵉʳ bataillon de ce régiment suivait le 3ᵉ. Le 2ᵉ bataillon et un bataillon du 81ᵉ mobiles marchaient en colonne à
500 mètres en arrière.

décise de combat traînant, résultante et caractéristique de l'épuisement définitif de l'assaillant.

Aucune attaque véritable ne fut tentée et l'attitude des troupes se montra si hésitante que le général von der Goltz put renvoyer pour la seconde fois du côté de Chenebier le bataillon qui, le matin, avait échoué à la gorge de la Lisaine.

Ce bataillon prend, vers 10 h. 30, le chemin difficile qui, à travers la bois de l'Ordon brisée, débouche à Chatebier. Sa marche s'en trouva fort retardée. Ce n'est guère qu'à 2 heures du soir qu'il prenait sa formation d'attaque, avec deux compagnies en première ligne, pour tomber sur l'aile droite française, à hauteur du bois Féry. Il se heurtait à la résistance vigoureuse d'un bataillon du 32e, bientôt renforcé par deux bataillons du 57e.

L'aile française rompait lentement sur Courchamp. Cette contre-attaque isolée ne pouvait plus avoir de résultat : le 4e régiment badois s'était en effet replié sur Frahier. Les compagnies du 6e badois n'avaient plus qu'à regagner Chagey.

9. — Le général Keller se replie sur Frahier.

Le général Keller devait reconnaître que, la surprise ayant échoué, tous ses efforts pour nous chasser de nos positions resteraient désormais stériles. Il pouvait, d'ailleurs, se contenter des résultats obtenus. Sa manœuvre avait été assez heureuse puisqu'elle avait réussi à nous empêcher de marcher sur Belfort; il avait la certitude à peu près absolue d'avoir atteint ce résultat : le danger si grave qu'avait couru un instant la droite allemande était, en effet, définitivement conjuré.

Aussi, voyant que son artillerie (1) tenait solidement

_____

(1) Quatre batteries. — La 3e batterie légère de la 4e division

Frahier, occupé d'ailleurs sérieusement par son infanterie, dont les effectifs venaient de se grossir du 2ᵉ bataillon du 2ᵉ grenadiers badois et du 2ᵉ bataillon du 25ᵉ régiment, envoyés de la réserve générale, se décidat-il, vers 3 heures de l'après-midi, à replier son aile droite, toujours maîtresse du bois des Evaux. Pour la dégager, le bataillon de fusiliers du 3ᵉ régiment badois se portait sur Echavanne, d'où, sans être inquiété, il pouvait se retirer à son tour.

La situation paraissait tellement rassurante au général Keller qu'il n'hésitait pas à renvoyer dans les tranchées de Belfort le bataillon de fusiliers du 67ᵉ régiment.

La division du Penhoat, de son côté, avait évacué le bois des Evaux et Chenebier et s'établissait le long du chemin d'Etobon à Chenebier.

× ×

Ainsi fut manquée, par le défaut d'une *direction supérieure* à la fois ferme et décidée, la manœuvre sur laquelle on avait fondé tant d'espérances et dont, malgré les lenteurs et les déboires du début, on eût été en droit d'attendre des résultats moins négatifs.

En terminant l'historique des faits, nous n'avons garde d'oublier la faiblesse matérielle et morale des troupes qui composaient l'armée de l'Est. Mais, quand on songe aux souffrances que nos malheureux soldats ont supportées, en partie par la faute de la direction qui

---

de réserve et la 2ᵉ batterie légère étaient sur le petit mamelon qui se trouve sur la face sud-ouest de Frahier, au nord du moulin. La 2ᵉ batterie lourde badoise est installée immédiatement au nord de Frahier, sur la pente de la hauteur 438; la batterie lourde de réserve du VIIᵉ corps est en position au sud de Frahier, sur le chemin du moulin Collin.

a manqué, on ne se sent plus le courage de juger leurs défaillances. L'on ne peut véritablement éprouver pour eux d'autre sentiment que celui d'une *immense et ardente pitié*.

———

CHAPITRE V

ARTICLE Iᵉʳ

FRANÇAIS

SOMMAIRE : 1. Le général Bourbaki et ses troupes. — 2. Conseil de guerre de Couthenans. — 3. Intervention du général Pallu de la Barrière. — 4. La retraite est décidée.

---

1. — Le général Bourbaki et ses troupes.

Le général Bourbaki, qui se maintenait obstinément auprès de ses réserves, au lieu d'user de son influence pour assurer le succès de son aile gauche, attendait, mais en vain, le résultat tant espéré de l'attaque décisive à laquelle, malgré l'évidence, il s'obstinait à fixer Chagey comme objectif.

Vers midi, au pas de son cheval, il parcourait nos lignes. Cherchait-il vraiment, en interrogeant les généraux, à se rendre compte des efforts dont ses troupes étaient encore capables ?

Sans doute, les soldats épuisés, décimés par le froid, n'étaient plus guère en état de combattre. Les troupes étaient affamées. Pour se nourrir, on coupait des lanières de viande sur les cadavres des chevaux tués ou gelés; on se disputait des lambeaux de cette chair qu'on dévorait sanglante et à moitié crue. Dans la neige, sous les rafales de la bise, le gros de l'armée avait passé des nuits glaciales. Les soldats devaient rester éveillés pour éviter les congélations. Quand l'un d'eux, vaincu par la fatigue, s'abandonnait au sommeil, c'était vite la mort, à moins qu'un camarade plus résistant ne secouât l'infortuné pour le tirer de son assoupissement d'où il semblait s'éveiller comme un ressuscité, livide, les yeux pleins de la terreur de vivre. « Partout, on n'entendait que le bruit d'une toux sèche qui brûlait les poitrines pendant que les membres étaient glacés (1). » (Darier-Châtelain.)

Ce navrant spectacle ne pouvait qu'aggraver la morne désespérance du général en chef. Le cœur dévoré d'angoisses, le visage ravagé « d'une inexprimable amertume » (Pallu de la Barrière), plus démoralisé que son armée elle-même, il ne pouvait se décider ni à tenter un grand et suprême effort, ni à effectuer une retraite qui était possible mais qui devait s'accomplir sans le moindre retard.

Des témoignages oculaires, des historiques des corps, il résulte que ni la bravoure, ni la fermeté ne manquèrent aux troupes françaises; les soldats en général n'étaient point précisément découragés. Mais dévorés par

---

(1) A rapprocher ces détails du passage suivant extrait des *Mémoires* du général comte de Saint-Chamans et se rapportant à la campagne de Russie, 1812 : « Je fus effrayé, pendant la route, du spectacle qui s'offrait à mes yeux : une foule innombrable de soldats, qui tous avaient l'air de sortir de l'hôpital, noirs de la fumée des bivouacs, décharnés, sans armes, sans sacs, la tête entourée de peaux de mouton et le corps couvert de haillons, en s'appuyant sur un grand bâton, encombraient les routes; quelques-uns, ayant déjà la mort peinte sur la figure, étaient assis sur les côtés du chemin ; ils regardaient passer leurs camarades sans rien dire; les yeux fixes et étonnés; ils étaient déjà frappés de cette stupidité morne qui était l'avant-coureur de la mort causée par le froid et la faim ; si, de temps en temps, ils n'avaient pas fait un léger effort pour se relever, effort infructueux, on aurait pu les prendre pour des statues. »

l'attente, ils sentaient s'appesantir sur eux comme un demi-sommeil pénible où se mêlaient la souffrance physique du froid et de la faim et l'appréhension d'un immense malheur, dont plus d'un, dans le cauchemar du bivouac, croyait entendre le galop là-bas, au fond de l'inconnu (1).

L'inaction était loin d'améliorer leur position. En tout cas, les pertes d'une action d'ensemble auraient été moindres que celles que l'on a supportées.

Ancien chef de la belle garde impériale, Bourbaki se laissa trop impressionner par les allures déguenillées, la misère matérielle et morale qu'il avait sous les yeux. Il n'eut pas la grande force d'âme nécessaire pour affronter chaque jour le spectacle des souffrances de sa malheureuse armée. Il tomba dans le marasme, oubliant cette recommandation de Napoléon à Eugène, en 1813 : « Dans les affaires, n'hésitez pas à avoir confiance dans vos troupes. » Ne voit-on pas, d'ailleurs, l'Empereur lui-même entrer en scène à la tête d'armées de bien peu de valeur et les faire combattre, tout comme si c'étaient ses belles troupes d'Austerlitz ?

C'est un indice de génie que de vouloir ne pas faire dépendre le succès de la valeur de l'instrument, mais de manier au contraire tout instrument de façon qu'il donne la victoire. « Le génie est d'accomplir en dépit des difficultés et de trouver par là peu ou point d'impossible. » (Las Cases, *Mémorial*.)

Bourbaki ne put avoir cette puissance d'action sur lui-même. Il *hésita :* ce fut la perte de son armée.

---

(1) « A l'incertitude, au décousu des ordres, à la mollesse de l'exécution, aux préoccupations constantes manifestées pour la ligne de retraite, officiers et soldats sentaient que la direction suprême n'était pas assurée comme il eût convenu. » (Pierre Lehautcourt.)

2. — Conseil de guerre de Couthenans.

Vers 3 heures du soir, le général Bourbaki rencontrait au sud de Couthenans les généraux Billot, Bonnet et Feillet Pilatrie. Sous une pluie battante, ce fut une discussion sur les nécessités de la situation générale.

En principe, l'idée d'une nouvelle attaque sur Chagey fut repoussée malgré l'avis du général commandant le 18ᵉ corps. « Je ne réponds pas de la prise du Vaudois, dit-il; c'est une position très formidable, mais nous pouvons faire une chose, masquer notre mouvement et infléchir à gauche vers la trouée de Belfort. »

Ce n'était autre chose que l'idée directrice du plan d'engagement donné le 14 janvier. Rien d'étonnant, dès lors, que le général en chef ait semblé d'abord y accorder quelque attention. Il eut un mouvement d'hésitation, puis prenant à part le général Billot : « Les Prussiens sont à Gray et ils marchent sur Dôle, lui dit-il. Si j'étais sûr du succès, j'attaquerais Werder, mais si j'échouais, nous serions pris; les troupes seraient démoralisées et auraient derrière elles les troupes de Manteuffel. »

On le voit, le général Bourbaki sentait surtout le danger derrière lui, plus que devant lui. C'est ce qui explique, mieux que toute autre raison, ses hésitations, ses timidités, si peu conformes à la nature de son caractère, ses incertitudes dans le développement de sa manœuvre après qu'il en avait cependant indiqué le mécanisme.

La solution proposée par le général Billot était, de l'avis de tous, trop tardive : il fallait entamer la retraite. En ce moment suprême, l'âme ardente du vieux soldat de l'Alma et d'Inkermann se révolta contre l'implacable rigueur des circonstances qui le condamnaient à déserter la lutte : « Commandant, disait-il au chef d'escadron d'artillerie Brugère, qui insistait pour qu'on attaquât encore, à votre âge, j'aurais peut-être pensé comme vous, mais je suis général en chef et j'ai des responsabilités (1). » Et un instant après, triste, il ajoutait : « Les généraux devraient avoir votre âge ! » Pour lui, la retraite s'imposait, mais il ne pouvait s'y résoudre.

3. — Intervention du général Pallu de la Barrière.

Vainement, le général Pallu de la Barrière, qui avait la foi robuste et qui disposait d'une troupe non encore engagée, essaya-t-il de faire revenir le commandant en chef sur la décision prise.

« Les réflexions se pressèrent en mon esprit; je pensais que si nous battions en retraite, l'armée telle que je la connaissais allait entrer dans une sorte de décomposition spontanée (2). J'avais sous mes ordres une infanterie intacte, pleine d'ardeur. Il me semblait que nous n'avions pas épuisé toutes nos chances, que la retraite

---

(1) « Le pire ennemi de toute résolution à la guerre, c'est le sentiment de la responsabilité. » (Von der Goltz.)

« Généralement, l'esprit d'entreprise diminue chez des généraux ordinaires au fur et à mesure des opérations, même lorsqu'elles sont couronnées de succès; la gloire acquise est pour eux un couronnement de carrière bien mérité qui les satisfait pleinement; ils ne cherchent pas à l'augmenter, mais à la conserver, oubliant ainsi cette fière parole : « Qui craint de perdre sa gloire est sûr de la perdre. » (Napoléon.) Seuls les esprits extraordinaires placent le but si haut que leurs succès ne sont pour eux qu'un tremplin pour s'élever davantage. Il doit en être ainsi pour qu'ils puisent dans l'acquis l'entrain et la force nécessaires au redoublement de leur activité. » (Yorck de Wartenburg, *Napoléon, chef d'armée.*)

(2) « Au risque de voir l'armée, sans le ressort du combat, fléchir soudain, l'ordre fatal fut donné. L'immense amalgame recule. » (P. et V. Margueritte.)

engendrerait des désastres (1) et, qu'enfin, nous étions
en face d'une obligation suprême, qu'il fallait vaincre
ou périr devant le mont Vaudois. Je soumis respectueu-
sement par écrit ces réflexions au général en chef; je
lui proposai d'ouvrir pendant la nuit, à travers bois,
avec un demi-régiment, le chemin qui conduisait à un
plateau circulaire qui dominait les batteries du mont
Vaudois. Je lui exprimai la confiance qu'en ouvrant le
feu le lendemain matin, je réduirais les batteries ennemies, qu'alors, en lançant l'infanterie de la réserve, tout
céderait devant son choc. Je confiai cette lettre à un
jeune capitaine du 38e, M. Vignot, alors mon officier
d'ordonnance; je lui en fis connaître le contenu.

» Mais le sort en était jeté; les destinées de l'armée
de l'Est s'accomplissaient et le capitaine Vignot, sans
avoir réussi, revint d'Aibre où se trouvait le grand quartier général. Il était porteur de la lettre dont voici la
copie et qui emprunte à la situation, la valeur d'une
pièce d'histoire :

Aibre, 17 janvier, 10 h. 30 m. soir.

» Mon cher ami, les raisons déterminantes de la déci-
» sion du général sont multiples; les ordres sont donnés.
» Ce parti une fois pris, il est préférable de ne pas en
» différer l'exécution. Pardon de mon laconisme. Bien
» à vous de tout cœur. — R. LEPERCHE. » (Déposition
de M. le général Pallu de la Barrière devant la Commission d'enquête parlementaire.)

---

(1) « Les mouvements rétrogrades sont dangereux à la guerre;
ils ne doivent jamais être adoptés dans les guerres populaires
l'opinion fait plus que la réalité. » (Napoléon.)

4. — La retraite est décidée.

Une demi-heure après avoir fait cette réponse, le général Bourbaki adressait au Ministre de la Guerre, à Bordeaux, la dépêche suivante :

« Le temps est aussi mauvais que possible; nos convois de vivres et de munitions nous parviennent très difficilement. En dehors des pertes causées par le feu de l'ennemi, le froid, la neige, les marches et le bivouac dans ces conditions exceptionnelles ont causé de très grandes souffrances.

» De l'avis des commandants de corps d'armée, j'ai décidé, à mon grand regret, que l'armée occuperait de nouvelles positions à quelques lieues en arrière de celles sur lesquelles nous avons combattu. Nous pourrons, de la sorte, nous ravitailler plus facilement; nous aurons besoin de nous compléter en officiers, en hommes de troupe et en chevaux...

» Si l'ennemi se décidait à nous suivre, j'en serais enchanté; peut-être nous offrirait-il ainsi l'occasion de jouer à nouveau la partie dans des conditions beaucoup plus favorables... »

Le chef de l'armée de l'Est avait trop d'expérience pour conserver la moindre illusion sur la possibilité de reprendre l'offensive après s'être replié. « Une armée telle que la sienne n'était pas apte, après un mouvement rétrograde, à entreprendre des opérations rapides et audacieuses; et, cependant, il ne restait pas autre chose à tenter si l'on voulait obtenir un résultat quelconque, car il fallait s'attendre sous peu de jours à avoir sur les bras deux corps prussiens de troupes fraîches. » (*Relation allemande.*)

Il est aisé de constater que l'échec sur la Lisaine est

dû avant tout à des retards impardonnables, au manque d'ensemble, de vigueur et de direction dans l'attaque. Avec un peu plus de décision et d'entrain dans l'offensive, on aurait peut-être évité la débâcle dont les conséquences allaient bientôt se faire sentir. Personne assurément ne les supposait telles que l'avenir devait les révéler (1).

---

(1) Quand une armée a été longtemps vaincue, elle trouve difficilement en soi l'audace, la confiance nécessaires pour exécuter avec rapidité, sans tâtonnements, les combinaisons les mieux conçues, les plus logiques. Elle peut encore se battre; ses officiers et ses soldats peuvent encore être prêts à mourir; mais, au moment de l'action, elle est toujours amenée à s'exagérer les forces de l'ennemi, à lui supposer une ruse inouïe et à redouter de tomber dans d'extraordinaires pièges. En un mot l'armée vaincue a une tendance irrésistible à se faire une plus haute idée des facultés combattives de l'ennemi que des siennes propres. Tel l'escrimeur se sentant dominé par une forte lame est peu à peu stupéfié par une sorte de magnétisme; il perd jusqu'à l'usage de ses moyens physiques, il ne tente plus une attaque sans avoir l'idée préconçue qu'il va s'attirer une foudroyante riposte.

ARTICLE II

ALLEMANDS

---

1. — Les troupes allemandes ont atteint leur but.

Les troupes allemandes, par leur ténacité vraiment remarquable, s'étaient victorieusement maintenues sur les positions de la Lisaine; elles avaient atteint le but que de Moltke leur assignait dans sa dépêche du 15 janvier : tout danger était conjuré, aussi bien pour le siège de Belfort que pour les lignes de communication des armées allemandes.

Dans la journée du 18 janvier, elles exécutaient des pointes offensives qui permettaient au général de Werder d'acquérir la certitude que les Français continueraient leur retraite. Dès la veille, il avait compris que c'était la solution qu'avait adoptée le général Bourbaki. Nous n'en voulons pour preuve que le télégramme suivant, adressé au général de Manteuffel :

« Brévilliers, le 17 janvier 1871, 9 h. 55 soir.

» Dans la nuit du 16 au 17 courant, j'ai envoyé le général Keller, avec huit bataillons. L'ennemi, surpris à Chenebier avant la pointe du jour, perdit ses bagages et 400 prisonniers. Chagey et Béthoncourt ont été attaqués avec vigueur et à plusieurs reprises, mais inutilement. Une canonnade violente a été échangée à Montbéliard et à l'ouest de Luze. Cependant le combat a, en général, diminué d'intensité et a pris le caractère d'un combat d'arrière-garde. A 1 heure, le général Keller a été attaqué par des forces d'une supériorité considérable. Il se maintint cependant à Frahier, dans une position solide. Si le départ de l'ennemi se confirme, je prendrai immédiatement l'offensive... Je prie Votre Excellence de m'indiquer où je dois l'attendre. Le colonel Willisen essaiera de se mettre en communication avec vous par Luxeuil et Saint-Loup. — DE WERDER. »

2. — Ordres donnés par le général de Werder.

Dès la matinée du 18, le général de Werder prescrivait de revenir sur-le-champ aux dispositions momentanément suspendues et nécessaires pour mener à bien le siège de Belfort. Il donnait des ordres pour ne point perdre de vue l'ennemi.

Il n'avait point la prétention d'entreprendre seul la poursuite immédiate d'un ennemi qui lui était très supérieur en nombre. Il savait très bien que ce n'était pas à l'action isolée du XIVe corps qu'il fallait demander les fruits de la victoire, qui ne devaient être cueillis que par la coopération prochaine qu'apportait de Manteuffel.

Le roi de Prusse, dans une dépêche du 20 janvier, complimentait en ces termes le général de Werder : « Votre héroïque et victorieuse défense de trois jours une forteresse assiégée sur vos derrières, est un des faits d'armes les plus grands de tous les temps. Je vous exprime, à vous pour la manière dont vous avez exercé votre commandement, à vos troupes pour leur dévouement et leur ténacité, ma reconnaissance royale et ma plus haute gratitude et vous envoie, comme témoignage de ces sentiments, la grand'croix de l'ordre de l'Aigle Rouge, avec les épées. — GUILLAUME. »

ARTICLE III

PERTES

Les Allemands n'ont perdu qu'une quantité relativement faible d'hommes, 1.600 environ. Les documents
officiels accusent 58 officiers, dont 12 tués, et 1.586 hommes, dont 239 tués. Il faut ajouter à ces chiffres deux
médecins blessés.

Il est bien difficile, sinon impossible, d'établir une
évaluation exacte des pertes françaises sur la Lisaine :
les documents précis font défaut.

Ces pertes, en effet, ne sont pas constituées seulement
par les morts, jonchant la campagne, auxquels la neige
donne une sépulture provisoire, et par les blessés en-
tassés dans des masures transformées en ambulances ou
par ceux qui s'y rendent à pied, en longues files traçant
un sillon sanglant sur la route blanche et glacée. Elles
sont faites surtout par la quantité de disparus volontairement, peut-être aussi involontairement : ce sont ceux-
là qui produisent les plus grands vides.

Les combats livrés sur des surfaces étendues laissent,
en effet, filtrer les hommes à travers les cadres, quelle
que soit la valeur de ceux-ci. Il s'en accroche aux fossés
et aux haies; il s'en perd dans les vallons, dans les
fourrés. Il y en a que la lassitude arrête, qui se cou-
chent, qui s'imprègnent sur la montagne; d'autres qui
s'égarent; d'autres, enfin, dont le courage s'évanouit dès
qu'il n'est plus surveillé.

Cette masse qui manque à l'appel, livrée à elle-même,

sera bientôt dans l'armée en déroute une plaie hideuse et sombre avec son lamentable cortège de souffrances, de révoltes et de désespoirs.

Le colonel Leperche a donné le chiffre de 8.000 hommes à la commission d'enquête parlementaire. Le général de Werder dit que nous aurions perdu plus de 1.600 prisonniers dans les journées de la Lisaine. Enfin, le docteur Chenu n'évalue qu'à 1.400 le nombre des hommes mis hors de combat du 15 au 17 janvier inclus.

On peut admettre comme chiffres à peu près véridiques ceux que donne Pierre Lehautcourt : 1.500 tués, 3 à 4.000 blessés.

Il y a lieu de constater l'*inégalité des pertes* entre les deux adversaires. Ce fait démontre les avantages d'une bonne éducation tactique et l'influence d'un moral qui, chez les Allemands, était exalté par les succès antérieurs et la confiance que leur inspiraient leurs chefs.

Ajoutons à cela la supériorité que donnaient à nos adversaires la portée plus grande et la précision remarquable de leur artillerie, mais surtout l'erreur commise de lancer à découvert nos régiments en formations denses, sur des positions formidablement défendues : c'était les vouer à être hachés sans la moindre chance de succès.

CONCLUSION

SOMMAIRE : 1. Le nombre tumultueux est impuissant contre la
cohésion et la discipline. — 2. Le nombre peut être discipliné
par une éducation sociale. — 3. Organisation militaire nouvelle, direction nouvelle dans l'instruction militaire.

___

1. — Le nombre tumultueux est impuissant contre la cohésion et la discipline.

Les belles actions n'ont pas été plus rares à l'armée
de l'Est qu'ailleurs; dans la douloureuse histoire de cette
courte campagne, on rencontre maints épisodes qui suf-
fisent à montrer la puissance invincible du patriotisme
français et l'action profonde qu'il exerce sur les âmes
les moins aguerries.

Mais, d'une façon générale, la qualité des troupes y
était trop inférieure pour pouvoir triompher, dans une
lutte décisive, de la ténacité et de la souplesse manœü-
vrière d'un adversaire à la fois résolu et éprouvé. La
cohésion et la discipline l'emportent toujours sur le nombre et le tumulte des bandes incomplètement militari-
sées.

Telle est l'inéluctable loi qui régit ces combats dis-
proportionnés en apparence quand, d'une part, on sait
tirer parti à la fois du terrain et de la souplesse des formations tactiques, alors que de l'autre, par manque d'é-
nergie et de volonté, on laisse tout aller au hasard.

C'est là une conclusion immédiate, logique et vraie, mais combien ressassée. Un examen superficiel et une étude incomplète ou, ce qui est plus grave, partiale de l'histoire de l'armée de l'Est, place une telle constatation sous les yeux les moins observateurs.

La question ainsi posée mérite évidemment de retenir l'attention, elle est d'un réel intérêt. Toutefois, il ne semble pas qu'il faille la maintenir à ces proportions réduites.

2. — Le nombre peut être discipliné par une éducation sociale.

Il faut demander à l'étude historique de cette malheureuse époque des leçons de sociologie militaire pratique qui permettront, par la généralisation des principes théoriques, de constituer des bases solides pour l'éducation militaire des générations nouvelles. Malheur à qui s'arrête dans l'effort continu des nations! La victoire est à ceux qui marchent à l'avant-garde, aux plus instruits, aux plus sains, aux plus forts!

Dans le cours de nos études sur l'armée de l'Est, nous avons dû faire remarquer à de multiples reprises que *l'esprit d'une armée, c'est l'esprit du pays* (1). Par le jeu normal des institutions, les pensées comme les sentiments d'une nation deviennent les pensées et les sentiments de l'armée. Si le contraire se produisait, il y aurait danger social : il n'est pas possible, à quelque point de vue que l'on se place, qu'une partie quelconque de cet ensemble qui constitue la société française soit réfractaire au progrès et s'éternise dans des formes ou des

_____

(1) « Si l'armée de 1870 était bien loin de valoir celle de 1840, c'est que la France du second Empire ne valait plus celle de Louis-Philippe et de la Restauration. » (Pierre Lehautcourt.)

idées surannées. Le fétichisme et l'indifférence, voilà, à mon humble avis, quels sont les deux pires ennemis de l'armée.

Si l'étude des formations du gouvernement de la Défense nationale nous suggère ces réflexions, c'est qu'il semble que ces formations furent, dans leur ensemble, ce que seraient les formations actuelles en cas de mobilisation.

Loin de nous la pensée malsaine d'oser dire qu'aujourd'hui nos éléments de guerre n'ont pas d'autre valeur que ceux dont disposait Gambetta. Entre son époque et la nôtre, il y a, au point de vue militaire, la différence du ver de terre au brillant papillon. D'un côté, improvisation; de l'autre, jeu normal d'une organisation raisonnée.

Les formations que la patrie en danger opposa à l'envahisseur manquèrent évidemment d'entraînement; elles manquèrent surtout de cette force occulte que seuls peuvent donner des institutions militaires qui forment à l'avance le bras capable de manier les armes et qui sont le plus sûr boulevard de l'indépendance d'une nation.

De *sages institutions militaires*, bien vivaces, sont la meilleure garantie d'un succès durable. Là, où elles existent, il y aura toujours à la tête des troupes, sinon des esprits véritablement supérieurs, du moins des hommes capables, résolus, ardents. Avec de pareilles institutions, on peut s'assurer sinon tous les facteurs de la victoire, tout au moins sa condition primordiale.

Quoi qu'on en dise et quelques différences que l'on puisse établir, ce soldat qui combattit à Villersexel et à Chenebier ressemble étrangement à celui de notre armée actuelle. Ce n'est plus le soldat d'autrefois; ce n'est pas un spécialiste, un professionnel, un homme de métier. Cet homme, que les nécessités du devoir civique placent dans le rang, exerce habituellement son activité dans les arts de la paix; il veille à ses intérêts, à ceux de sa famille. Rien ne sera changé à sa façon de vivre durant les vingt-cinq années pendant lesquelles il devra l'impôt du sang, si ce n'est à l'occasion de quelques mois qu'il sera tenu de passer au régiment pour y recevoir l'instruction militaire indispensable à tout bon serviteur de son pays.

Nous disons intentionnellement instruction militaire et non éducation, et cela afin d'éviter une équivoque. C'est, qu'en effet, l'armée, avec le service à court terme rendu obligatoire par les nécessités sociales, ne peut avoir d'autre but que d'instruire. C'est sa spécialité.

Se désintéresse-t-elle de l'éducation? A Dieu ne plaise. Son action, continuant celle de l'école et de l'atelier, prépare à la société un citoyen complet. Mais *elle ne peut avoir la prétention de posséder le monopole de la formation de l'esprit militaire*. Cette prétention serait totalement injustifiée.

L'*énergie morale*, qui est à la base de tout véritable esprit militaire, n'est pas un produit exclusif des institutions spéciales que les sociétés se donnent pour sauvegarder leurs droits; cette énergie est la résultante de l'éducation de la famille, de celle de l'école, de celle du régiment. L'armée fait partie d'un tout dont elle ne peut ni ne doit s'isoler. Cet ensemble, c'est la société française.

Les armées actuelles ne sont point des entités abstraites, mais bien des organismes animés et vivants qui subissent très vivement l'influence des époques, des milieux, des événements eux-mêmes. Aujourd'hui, la nation entière déborde dans l'armée, non seulement avec son esprit, mais avec ses aspirations démocratiques et sa soif de progrès social.

C'est donc une nécessité absolue pour les armées modernes de faire intimement corps avec la nation; d'être, en réalité, la nation armée, prête à défendre son patrimoine moral et territorial.

On ne doit plus aujourd'hui distinguer entre l'armée et la nation. L'armée constitue un être moral dont la force réelle consiste dans la concordance de ses éléments intellectuels avec les institutions du pays. Tout désaccord entre les membres de cette formule conduit à la défaite, à la ruine de la nation. C'est pour avoir méconnu ce principe élémentaire que Napoléon Ier a dirigé la France vers les fondrières où elle s'est abîmée. C'est pour l'avoir ignoré que Napoléon III a conduit notre pays à deux pas de la ruine finale.

Il est essentiel que, sous la troisième République, *l'esprit de l'armée soit l'esprit de la nation.* C'est incontestablement de l'accord de plus en plus harmonique de ses éléments, de leur union de plus en plus intime, que l'armée retirera la meilleure discipline et la plus grande puissance.

La *solidarité des éléments sociaux* assure la coordination des efforts; c'est la discipline morale qui fait la force des organisations militaires comme des organismes civils. Développons d'abord les capacités morales de la nation et nous aurons du même coup développé les capacités manœuvrières de son armée.

« La guerre que nous attendons aura le caractère national des premières guerres de la Révolution; les hommes que nous aurons à conduire au feu seront des citoyens brusquement tirés de leurs foyers. Dans ces masses incohérentes, rien n'aura fonctionné ensemble; il n'y aura pas de traditions, aucune habitude du service et de la discipline, aucune expérience de la guerre, de ses fatigues et de ses dangers.

« Quel levier employer pour mettre en mouvement ces masses sur lesquelles on dirait que nous n'avons aucune prise ? Que faudrait-il donc faire briller à leurs yeux ou verser dans leurs cœurs pour les pousser à l'abnégation, au dévouement, au sacrifice ? Le *sens du devoir national* (1) seul pourra les animer, si on le leur a inculqué... » (André Gavet, *L'art de commander*.)

3. — Organisation militaire nouvelle, direction nouvelle dans l'instruction militaire.

Il est, dès lors, indispensable que chacun, dans le monde militaire, se rende un compte bien exact du changement considérable, du changement complet, peut-on dire, intervenu à des points de vue divers, dans la composition de nos troupes. Cela est nécessaire, puisque, à une organisation nouvelle doit correspondre une tendance nouvelle dans les directions à donner à son emploi.

« Je dirai donc à mes chers camarades : Sans vous casser la tête pour inventer des exercices de bravoure, continuez, les yeux toujours fixés vers le pôle et je vous promets que les sentiments d'honneur, de dévouement et de sacrifice... se répandront au dehors et comme à votre insu, dans tous vos actes, et pénétreront, s'insinueront et se logeront dans les cœurs qui vous sont confiés, et vous aurez un enseignement honnête, moral et salubre, pur de tous les mélanges, de toutes les souillures qui le déshonorent ailleurs, chez ceux qui, ayant fermé les

---

(1) « Une *nation est une grande solidarité* constituée par le sentiment des sacrifices qu'on a faits pour vivre ensemble et de ceux qu'on est disposé à faire encore. » (Michel Bréal.)

yeux à la lumière, sont plongés dans les ténèbres et le culte des idoles; — et vous aurez enfin autour de vous des soldats vivants, hardis et fiers et ces bonnes frimousses qui respirent la bonne santé et la bonne humeur française (1). » (Loukiane Carlovitch.)

Assurément, ce n'est pas en quelques mois que les résultats apparaîtront manifestes et indéniables. Des années seront nécessaires pour que l'armée arrive à exercer sur la nation cette influence bienfaisante, pour qu'elle devienne une grande école d'hygiène morale et physique en même temps que d'honneur, de vaillance, de discipline et de patriotisme; pour qu'elle rende au pays ses enfants meilleurs qu'elle ne les a reçus; pour que par elle et en elle, la fusion s'opère entre les éléments sociaux aujourd'hui divisés; pour que, par l'armée, soit détruit le désordre moral, intellectuel et matériel qui sème tant de maux sur notre société; pour que l'armée contribue enfin à donner aux masses l'esprit d'association, d'ordre et de hiérarchie qui leur manque et sans lequel on ne peut arriver à la satisfaction des intérêts généraux et individuels, au bonheur de tous (2).

Il est indispensable, pour atteindre ces résultats, de s'affranchir des traditions d'un passé incontestablement glorieux et dont nous avons le droit d'être fiers : c'est une parcelle de notre patrimoine national. Mais il se lie à une organisation militaire et sociale qui serait de nos jours un véritable anachronisme. Serait-il imprudent de dire que l'instrument de nos victoires d'autrefois, s'il devait ressusciter, serait le gage certain de la défaite?

---

(1) Loukiane Carlovitch, *Éducation et instruction des troupes*, 1re partie, la Doctrine.
(2) Lieutenant-colonel Ebener, *Conférences sur le rôle social de l'officier*. Voir également : Général F. Marazzi, *L'Armée de l'Avenir*; — Henri Béranger, *La conscience nationale*.

Il est essentiel de faire de bonne grâce aux exigences des temps modernes, les concessions réclamées par la transformation des principes qui président aux luttes entre deux nations.

Le développement des phénomènes sociaux montre, de jour en jour plus nette, la prédominance des forces morales sur les forces matérielles. *Fortifier l'âme des masses*, telle est la nécessité suprême. De même que Mahomet alla à la montagne, il faut que les officiers aillent au-devant de la jeunesse avec cette idée bien arrêtée, non seulement de préparer un soldat, mais aussi de contribuer à la formation d'un bon citoyen ou, pour mieux dire, d'un homme.

Devant le flot de jeunesse virile sans cesse renouvelé qui passe par la caserne, le rôle de l'officier s'agrandit et s'ennoblit. Il importe évidemment d'être le chef qui ploie les volontés sous la même règle, qui forme des soldats pour défendre, le cas échéant, le pays contre l'ennemi, qui les prépare et les entraîne durant un temps plus ou moins abrégé pour quelque guerre possible. Mais il est beaucoup plus grand, beaucoup plus noble d'être avant tout l'éducateur paternel qui considère sa profession comme un apostolat, qui tient à se faire aimer plutôt qu'à se faire craindre, qui moralise et pacifie, qui entreprend d'inculquer le respect de soi-même, le sentiment du devoir, l'esprit de corps, le culte de la patrie aux plus révoltés, aux plus mauvais, de renvoyer dans les villes et les campagnes des hommes améliorés, assainis, assagis, dont l'influence sera utile et féconde.

Est-ce à dire que notre pays, à la suite de cette nouvelle conception du rôle de son armée et du but à atteindre par ses officiers, ne saura lever que des armées sans force et sans valeur ? Nous avons constaté que la caractéristique des troupes de l'armée de l'Est était une véritable énergie morale.

Nous avons confiance en ce puissant élément de succès, inhérent à notre tempérament français. Le tout est de savoir en tirer parti. Beaucoup plus que tous les éléments matériels, il nous assurera le triomphe et la victoire.

Oserait-on nier que cette confiance, raisonnée mais aussi raisonnable, a rendu notre tactique toujours imprévue, toujours nouvelle, toujours victorieuse dans le passé ? Lorsqu'elle a sombré dans la morne désespérance, ce fut la défaite, la déroute, voire la hideuse débâcle.

L'armée actuelle, renouvelée, retrempée, revivifiée, a repris cette *confiance virile* exempte de toute forfanterie : mieux-inspirés que nos pères ne l'ont été, aussi courageux qu'eux mais plus heureux, nous éviterons les fautes qu'ils ont commises et la victoire illuminera de son auréole de gloire les étendards de la République.

ANNEXE I

OCCUPATION DES POSITIONS DE LA LISAINE PAR LES ALLEMANDS, LE 15 JANVIER 1871

Gauche allemande.

MONTBÉLIARD

Courcelles. — 5ᵉ, 6ᵉ et 8ᵉ compagnies de Marienburg.
Sainte-Suzanne. — 7ᵉ compagnie de Marienburg; 1ʳᵉ, 3ᵉ et 4ᵉ compagnie de Loetzen.
Mont Chevis. — 2ᵉ compagnie de Loetzen; 60 hommes de la 7ᵉ compagnie de Goldap.
Face sud de Montbéliard et Petite-Hollande. — Bataillon de Wehlau.
Château. — 5ᵉ et 7ᵉ compagnies de Gumbinnen.
Faces ouest et nord de Montbéliard. — 6ᵉ et 8ᵉ compagnies de Gumbinnen.
Vieille citadelle. — Bataillon d'Insterburg; 4ᵉ batterie légère de réserve.
Sochaux. — Bataillon de Tilsit; une batterie.
Grand Charmont. — 1ʳᵉ brigade d'infanterie badoise; 2ᵉ escadron du 3ᵉ dragons; 1ʳᵉ batterie légère et 3ᵉ batterie lourde badoises.

BÉTHONCOURT

Petit Béthoncourt. — 7ᵉ compagnie de Goldap.
Talus du chemin de fer. — 5ᵉ compagnie de Goldap.
Lisière ouest. — 6ᵉ compagnie de Goldap.
Dans le village. — 8ᵉ compagnie de Goldap et un escadron de uhlans.
Aux deux ailes. — 2ᵉ compagnie de pionniers de place.

BUSSUREL

Au moulin. — 1ʳᵉ compagnie de Dantzig.
Chemin de fer — Deux compagnies et demie de Dantzig.
En réserve. — Demi-compagnie de Dantzig.

Centre allemand.

HÉRICOURT

Tavey. — 2ᵉ bataillon et fusiliers du 25 régiment; 2ᵉ escadron du 3ᵉ uhlans de réserve; 3ᵉ batterie légère et 1ʳᵉ batterie lourde de la 4ᵉ division de réserve.

Mougnot. — Trois compagnies d'Ortelsburg.

Ferme Marion. — 4ᵉ compagnie d'Ortelsburg.

Route de Bussurel. — Une compagnie de Graudenz.

Pont d'Héricourt. — Trois compagnies de Graudenz.

Lisière ouest — Une compagnie d'Osterode.

Chapelle Saint-Valbert. — Une compagnie d'Osterode.

Moulin de Bourangle. — Une compagnie du 1ᵉʳ bataillon du 25ᵉ régiment.

Lisière sud. — Une compagnie du 1ᵉʳ bataillon du 25ᵉ régiment.

Gare et voie ferrée. — Deux compagnies du 1ᵉʳ bataillon du 25ᵉ régiment.

Salamou. — 1ʳᵉ et 2ᵉ batteries légères de la 4ᵉ division de réserve.

Cimetière. — Bataillon de Thorn.

Au pied du Vaudois, sur la route de Luze. — 1ʳᵉ batterie lourde badoise; 1ʳᵉ batterie légère de réserve du IIIᵉ corps; batterie lourde de réserve du Iᵉʳ corps.

Droite allemande.

CHAGEY

Couthenans. — Une compagnie du 30ᵉ régiment; deux pelótons de hussards de réserve.

Luze. — 30ᵉ régiment d'infanterie.

Chagey. — 2ᵉ bataillon du 3ᵉ régiment badois.

Filature Chevrot. — Une compagnie et demie du 34ᵉ régiment.

Au pied du Vaudois. — 2ᵉ et 3ᵉ bataillons du 34ᵉ régiment.

Entre Luze et Echenans. — 1ᵉʳ bataillon du 34ᵉ régiment.

Echenans. — 2ᵉ régiment de hussards de réserve.

CHENEBIER

Chenebier. — Deux compagnies du 3ᵉ régiment badois; 2ᵉ batterie lourde badoise.

Etobon. — Six compagnies du 3ᵉ régiment badois; 1ᵉʳ escadron du 3ᵉ dragons badois.

Frahier. — Bataillon d'Eupen; un escadron du 2ᵉ régiment de dragons de réserve; batterie lourde de réserve du VIIᵉ corps.

Réserve principale.

BRÉVILLIERS

4e régiment d'infanterie badoise.
3e brigade d'infanterie (moins les 5e, 6e et 8e compagnies du 6e régiment badois).
2e régiment de dragons.
Deux escadrons du 3e dragons.
2e et 4e batteries légères badoises,
4e et 5e batteries lourdes badoises.
Batterie à cheval badoise.

ANNEXE II

OCCUPATION DES POSITIONS DE LA LISAINE PAR LES TROUPES ALLEMANDES, LE 16 JANVIER 1871

Gauche allemande.

MONTBÉLIARD

Plateau de la Grange Dame. — Artillerie : 3⁰ batterie lourde badoise ; 2⁰ batterie lourde de la division de réserve ; 4⁰ batterie légère de la division de réserve. — Soutien : 1ᵉʳ et 3⁰ bataillons du régiment des grenadiers du corps.

Débouché est de la ville. — Fusiliers du 2⁰ grenadiers badois.

Ferme de la Grange Dame. — Bataillon d'Insterburg.

Saillant du Grand Bois. — Bataillon de Wehlau.

Château. — Deux compagnies de Gumbinnen.

Bois de Chaux et de Sochaux. — Deux compagnies de Gumbinnen ; bataillon de Marienburg ; bataillon de Loetzen.

BÉTHONCOURT

Petit Béthoncourt. — 7⁰ compagnie de Goldap ; 5⁰ compagnie du 2⁰ bataillon du régiment badois des grenadiers du corps.

Derrière la voie ferrée. — 5⁰ compagnie de Goldap.

Lisière ouest. — 6⁰ compagnie de Goldap.

Dans le village. — 8⁰ compagnie de Goldap.

Aux ailes. — 2⁰ compagnie de pionniers de place.

Cote 366. — 1ʳᵉ batterie légère badoise.

Au nord, vers les bois. — 6⁰ compagnie du régiment badois des grenadiers du corps.

En réserve. — 7⁰ et 8⁰ compagnies du régiment badois des grenadiers du corps.

BUSSUREL

Au moulin. — 1ʳᵉ compagnie de Dantzig.

Voie ferrée, centre. — 2⁰ et 4⁰ compagnies de Dantzig.

Gauche. — 3⁰ compagnie de Dantzig.

Cote 360. — 1ᵉʳ et 2ᵃ bataillons du 5⁰ régiment badois ; 4⁰ batterie légère badoise ; 4⁰ batterie lourde badoise.

Centre allemand.

HÉRICOURT

Mougnot. — 3e compagnie d'Ortelsburg; deux compagnies de Graudenz.

Ferme Marion. — 4e compagnie d'Ortelsburg.

Mamelon ouest de Saint-Valbert. — 1re compagnie d'Osterode; 11e compagnie du 34e régiment.

Pont d'Héricourt. — Une compagnie de Graudenz.

Route de Bussurel. — Une compagnie de Graudenz.

Lisière ouest d'Héricourt. — Une compagnie d'Osterode.

Gare et voie ferrée. — Deux compagnies du 1er bataillon du 25e régiment.

Moulin de Bourangle. — 2e compagnie du 1er bataillon du 25e régiment.

Lisière sud d'Héricourt. — Une compagnie du 1er bataillon du 25e régiment

Débouché est d'Héricourt. — Fusiliers du 25e régiment.

Cimetière. — Bataillon de Thorn; 1re batterie lourde de la 4e division de réserve.

Au pied du Vaudois, sur la route de Luze. — 1re batterie lourde badoise; 1re batterie légère de réserve du IIIe corps; batterie lourde de réserve du Ier corps.

Salamou. — 1re et 2e batteries légères de la 4e division de réserve.

Droite allemande.

CHAGEY

Luze. — 30e régiment d'infanterie.

Chagey. — 1er bataillon et 7e compagnie du 6e badois; fusiliers du 6e badois.

Saillant du bois de la Brisée. — 2e bataillon du 3e régiment badois.

Génechier. — 6e compagnie du 25e régiment.

Echenans. — 34e régiment d'infanterie.

CHENEBIER

Courchamp. — Fusiliers du 3e régiment badois.

Chenebier. — Deux compagnies du 1er bataillon du 3e régiment badois.

Bas des Esserts. — Deux compagnies du 1er bataillon du 3e régiment badois; 2ᵉ batterie lourde de la division badoise; 2ᵉ batterie légère de réserve saxonne.

Moulin Collin. — Deux compagnies d'Eupen.

Frahier. — Deux compagnies d'Eupen; 1ᵉʳ escadron du 3ᵉ dragons badois; batterie lourde de réserve du VIIᵉ corps.

Réserve de Grand Charmont.

1ᵉʳ bataillon du 67ᵉ régiment.
1ᵉʳ et 2ᵉ bataillons du 2ᵉ grenadiers badois.
2ᵉ escadron du 3ᵉ dragons.
1ʳᵉ batterie légère badoise.
Quatre pièces de la batterie légère du IIᵉ corps.

Réserve principale de Brévilliers.

2ᵉ bataillon du 25ᵉ régiment.
4ᵉ régiment d'infanterie badoise.
1ᵉʳ et 3ᵉ bataillons du 5ᵉ régiment badois.
Trois escadrons du 2ᵉ régiment de dragons badois.
Trois escadrons du 3ᵉ régiment de dragons badois.
2ᵉ escadron du 3ᵉ régiment de uhlans.
5ᵉ batterie lourde et batterie à cheval badoise.
3ᵉ batterie légère de la 4ᵉ division de réserve.

ANNEXE III

LIGNE DE BATAILLE ALLEMANDE, LE 17 JANVIER 1871

La ligne de combat de Montbéliard à Chagey ne subit guère de transformations, sauf devant Bussurel, où le bataillon de Dantzig est relevé par le 2e bataillon du 5e régiment badois.

Il y a lieu cependant de préciser la composition des réserves :

I. — Réserve de Grand-Charmont.

1er bataillon du 67e régiment.
2e bataillon du 67e régiment.
2e escadron du 3e dragons.

II. — Réserve de Brévilliers.

Bataillon de Dantzig.
1er et 2e bataillons du 2e grenadiers badois (1).
2e bataillon du 25e régiment.
3e et 4e escadrons du 2e dragons badois.
Deux escadrons du 3e dragons badois.
5e batterie lourde badoise.
Batterie à cheval badoise.

---

(1) Ils n'arrivent de Grand Charmont qu'à 9 heures du matin.

ANNEXE IV

TROUPES QUI PRENNENT PART A LA CONTRE ATTAQUE DU GÉNÉRAL KELLER

COLONNE DE DROITE

Fusiliers du 5° régiment badois.
Fusiliers du 67° régiment.
Bataillon de landwehr d'Eupen.

COLONNE DE GAUCHE

4° régiment badois.

RÉSERVE

1er bataillon et fusiliers du 3° régiment badois.
1er escadron du 3° dragons badois.
2° escadron du 2° dragons badois.
2ᵃ batterie lourde badoise.
3° batterie légère de la 4° division de réserve.
2° batterie légère de réserve du XII° corps.
Batterie lourde de réserve du VII° corps.

TABLE DES MATIÈRES

CHAPITRE Ier.

Situation respective des belligérants avant la bataille.

CHAPITRE II.

Journée du 15 janvier.

CHAPITRE III.

Journée du 16 janvier.

ARTICLE Ier. — *Le combat devant la gauche allemande.*

ARTICLE II. — *Le combat devant le centre allemand.*

ARTICLE III. — *Le combat devant la droite allemande.*

ARTICLE IV. — *Situation des belligérants, le 16 janvier au soir.*

CHAPITRE IV.

Journée du 17 janvier.

ARTICLE Ier. — *Appréciations d'ensemble.*   117

ARTICLE II. — *Le combat sur le front Montbéliard-Luze.*

CHAPITRE V.

Situation des belligérants après la bataille.

CONCLUSION.

ANNEXES.

Paris et Limoges. — Imp. milit. Henri CHARLES-LAVAUZELLE.

www.ingramcontent.com/pod-product-compliance
Lightning Source LLC
Chambersburg PA
CBHW070904030726

47504CB00005B/1448